COLLECTION FOLIO

René Barjavel

Colomb de la Lune

ROMAN

Denoël

René Barjavel est né le 24 janvier 1911, à Nyons (Drôme), à la limite de la Provence et du Dauphiné. Études au collège de Cusset, près de Vichy. Fut successivement pion, démarcheur, employé de banque, enfin, à dix-huit ans, journaliste dans un quotidien de Moulins. Rencontre un grand éditeur qui l'emmène à Paris comme chef de fabrication. Collabore à divers journaux comme *Le Merle blanc* et commence son premier roman. La guerre survient. Il la fait comme caporal-cuistot dans un régiment de zouaves. Fonde à Montpellier un journal de jeunes. Publie *Ravage* (1943) et la série de ses romans « extraordinaires », qui préparent en France la vogue de la science-fiction.

A partagé, depuis, son temps entre le roman, le journalisme et le cinéma comme adaptateur et dialoguiste. Il est décédé en novembre 1985.

à PAUL PAGET,

mon grand-père paysan, qui construisit de ses mains sa maison et creusa son puits, apprit à lire à vingt ans, vécut juste et droit, mourut sans avoir été malade, et qui m'aurait fait enfermer s'il avait vécu assez vieux pour lire ce livre, respectueusement, je le dédie.

R. B.

Quoi qu'il en soit, les jeunes Opistobranches sont de grands voyageurs. Ils nagent tous, se laissant conduire par des courants maritimes et cherchant, semble-t-il, à répandre leur race au loin, en quête de conditions de vie propices.

Jacqueline Villaret.

Un roman c'est une histoire qu'un un-peu-fou s'invente et se raconte, à haute voix dans l'espoir que les raisonnables l'entendront. Il y a des histoires qui attirent toute la famille au coin du feu, et les voisins par les fenêtres. Il y en a qui font fuir même la servante. Il y a aussi celles qui endorment même le grand-père qui ne dort jamais, et parfois le conteur. Et celles que personne n'entend, bien que le conteur ait l'impression de parler très fort. Et plus il crie, plus c'est silence.

De toute façon le temps passe et on oublie l'histoire et les mots de l'histoire. Une heure un siècle une civilisation, c'est la même chose : un instant.

Aussi n'y a-t-il pas de quoi, la dernière page écrite, se regarder le nombril dans l'espoir d'y trouver un diamant. Le boulanger a fait son pain, quelqu'un l'a mangé, cela lui profite, bonne viande ou cellulite, selon le pain selon les dents. Le boulanger recommence, c'est son plaisir c'est son travail. Qui se nourrira du vent de l'histoire ? Que ceux qui ont faim le happent, et s'il leur échappe il y a de quoi courir.

Cette histoire je l'ai écrite, c'est mon travail c'est mon plaisir. Elle est à vous maintenant, allez-y, entamez-la.

Le début est sec, c'est exprès, pour vous aiguiser les dents. Ça devient vite plus tendre. Et le meilleur est à la fin. Un bon livre c'est comme l'amour.

La police fit sortir les journalistes et établit un cordon autour de la villa. Blanche et bleue avec ses tuiles roses au sommet de la colline verte, elle avait l'air d'une maquette pour lotissement de luxe. Deux cent cinquante policiers en uniforme ceinturèrent la colline et un véhicule à sirène et phares rouges s'installa en travers de l'allée.

La femme de Colomb se trouva enfin seule avec sa mère dans le salon aux meubles bousculés. Ils avaient réussi à renverser la table basse en dalle de verre noir, aux pieds de fer forgé noirs, dorés sur la tranche et dans les contours. Les poissons figés qui étalaient dans l'épaisseur de la dalle des nageoires de voile rose parmi des algues jaunes, se trouvaient maintenant à la verticale, et un des pieds forgés avait troué la moquette couleur tabac de Virginie.

— Ces journalistes ! dit la mère de la femme de Colomb.

Elle soupira d'un air excédé, mais elle n'était pas si mécontente.

Cette femme, la mère de la femme de Colomb, il faut que vous la connaissiez mieux. Voici : elle est riche, veuve, petite, mince et myope. Elle s'occupe de tout et ne fait rien. Son mari est mort d'un cancer, en souriant à la pensée de ne plus la voir, de ne plus l'entendre. Il lui a laissé des usines et des administrateurs qui continuent à fabriquer sans lui du savon, de la margarine et de l'argent avec les mêmes matières premières. C'est elle qui a meublé la villa des jeunes époux. Colomb n'a rien eu à dire. Il est pauvre. Sa femme n'a rien dit. Ces meubles-là ou d'autres, cela lui est indifférent. Elle ne s'est jamais demandé, à propos de rien, si c'est beau, si c'est laid. Ce problème lui est tout à fait étranger.

La mère de la femme de Colomb se nomme Mme Anoue. Elle porte le deuil de son mari avec une chère élégance. Rien que du noir. C'est un brin de femme. Des hanches et une poitrine de séminariste janséniste, des talons aiguille pour parvenir jusqu'à un mètre soixante, des cheveux noirs depuis qu'elle est en deuil, de grands yeux noirs qui au-delà de dix centimètres ne voient que du brouillard. Elle les tient écarquillés par discipline, car elle aurait tendance à plisser les paupières pour essayer vainement d'y voir plus clair. Il ne faut pas, à cause des rides.

Elle choisit ses robes presque sans les voir, ses chapeaux au toucher du bout des doigts, à la silhouette dans la fumée d'une glace, ses bijoux au prix et au poids. Sans fesses ni seins, rectangulaire, petite, elle réussit à se donner une apparence exquisement féminine. L'ensemble est toujours parfait, surprenant, juste du bon côté à la limite de l'extravagant et du réussi. C'est l'instinct de la femme.

Pour le reste, elle réfléchit.

Elle a meublé la maison de sa fille en fronçant les sourcils, regardant chaque meuble qu'on lui proposait à travers ses grandes lunettes d'or, hésitant longuement entre deux horreurs avant de se décider pour la plus laide. La table aux poissons lui a beaucoup plu. C'est le genre d'objet qu'elle peut comprendre et aimer.

Sur le bahut de chêne cérusé se dresse depuis la veille une oreille de plâtre blanc, un haut-parleur branché directement sur le mont Ventoux. La femme de Colomb recevra en même temps que les savants du Mont tous les messages émis par la fusée de son mari.

Mais s'en soucie-t-elle ? Ses mains tremblent d'irritation et d'impatience. Ses yeux sont vagues. Elle ne voit rien. Rien que sa mère qui la gêne et qu'il faut qu'elle renvoie.

Les journalistes étaient accourus de tous les coins du monde dès qu'ils avaient appris que Colomb avait été choisi parmi les dix-sept, et que le départ était imminent. Refoulés de Montbrun-les-Bains, autorisés seulement à photographier la fusée du haut du mont Ventoux, ils s'étaient rabattus sur la villa de Creuzier, l'avaient envahie, inventoriée, fouillée partout, sauf la chambre à coucher fermée à clefs et verrous, volets de fer. Ils avaient photo, radio, cinématographié chaque objet, la table aux poissons, le bahut en chêne cérusé sculpté de fruits exotiques, le plafonnier de verre circulaire dépoli décentré horizontal, dans lequel un journaliste suédois lyrique avait voulu voir la préfiguration de l'orbite de la fusée. En quoi il montrait son incompétence, la fusée n'étant pas destinée à décrire une orbite, mais à se poser.

A la demande de sa mère, la femme de Colomb avait accepté de sortir de sa chambre. Elle avait rejoint au salon les journalistes entassés. Ils avaient aussitôt remarqué son air étrange. Son visage était fermé, son regard absent. Elle n'entendait les questions que par une politesse obligatoire, et en forçant son attention.

Elle semblait sortie pour quelques instants, avec un masque, d'un autre monde où elle désirait retourner très vite. Ils voulurent crever cette solitude où l'enfermait, supposèrent-ils, l'angoisse. Ils lui jetèrent des questions, non plus pour savoir mais pour blesser, pour faire couler un sang, un cri, n'importe quoi, une bonne photo.

— Aimez-vous votre mari ?

— S'il vous aimait, croyez-vous qu'il partirait ?

— Pourquoi le laissez-vous partir ?

— Et s'il ne revient pas ?

— Avez-vous peur ?

— Et s'il revient, ne craignez-vous pas qu'il vous fasse des enfants monstrueux ?

Elle répondait oui, non, impassible. Elle était à trois mille pieds au-dessus d'eux. Sur un signe d'un photographe, un journaliste debout près d'elle lui pinça la cuisse, pour lui arracher au moins une grimace photographiable.

Elle le gifla.

La tête de l'homme fit un quart de tour et son cou : « Crac. »

Car le bras qui l'avait frappé était un bras superbe, irrigué d'un sang au maximum de ses globules rouges, un bras parfaitement charnu et équilibré dans le jeu de ses leviers. Et l'épaule qui suivait, et le sein et le ventre et la cuisse avaient joué en même temps que le bras, jusqu'à l'orteil le plus petit, parfait.

Il y eut un orage de flashes, un brouhaha, on ramassa l'homme maigre et la police fit évacuer. L'officier de police présenta ses excuses à la femme de Colomb et lui jura qu'il allait veiller sur sa tranquillité. Il ferma la porte derrière lui et alla s'asseoir sur le rocking-chair entre le bassin de rocaille et la pelouse sur laquelle jouaient immobiles un chat de faïence blanc et les nains de Blancheneige en couleurs. La fenêtre de la chambre à coucher, avec ses volets hermétiques, donnait de l'autre côté de la villa, sur le gravier rose.

Les deux femmes se trouvèrent enfin seules dans le salon. Ou du moins s'y croyaient-elles. Car dans le bahut cérusé, derrière les régimes et les écroulements de fruits de bois destinés à rappeler que le salon pouvait devenir salle à manger quand on ne mangeait pas dans la cuisine lumineuse, barbecue et de-séjour, se tenait accroupi un journaliste bien connu, spécialiste des affaires d'amour. Son nom était Tierson, son prénom Alexis, il avait cinquante ans, trente années de métier, un crâne nu et un peu jaune à cause du foie. Un grand mépris de l'humanité, moitié à cause des secrets qu'il avait surpris, moitié à cause de ceux qu'il avait inventés. Pour l'instant, une jambe étendue au sommet de trois piles d'assiettes à filets dorés, l'autre glissée derrière des verres en cristal taillé à face de diamant, le buste coudé au-dessus du couvercle en cuir pyrogravé de la ménagère, et la tête dans le saladier. Une oreille ultra-fine, oreille unique au monde, qui lui permettait d'annoncer avant tous ses confrères les grossesses mondaines, les fausses couches qu'il nommait dépressions et les amants nouveaux qu'il appelait fiancés.

Il écouta :

— Ma chérie ! Enfin ! Ces gens-là sont exténuants ! Allonge-toi un peu, je vais te faire une infusion. Mais *pourquoi* as-tu renvoyé tes domestiques ? C'est insensé ! Oui, je sais bien, mais enfin !... Tu crois que c'est raisonnable ? Tu te fatigues ! tu te fatigues ! Un mari pareil, aussi ! Mais *pourquoi* a-t-il choisi ce métier ? c'est insensé ! Est-ce qu'il a pensé à toi ? Allonge-toi sur le divan, je vais t'envoyer Marie, elle te fera une infusion. C'est merveilleux, tu es la femme la plus célèbre du monde ! Ton mari est si gentil ! Et si courageux !

— Maman ! ! Je t'en prie !

— Ma chérie ?...

— Laisse-moi, rentre chez toi...

— Mais, ma chérie...

— Je t'en prie, va-t'en !...

Tierson écouta les protestations de la mère et les phrases lasses et décidées de la fille, et devina que celle-ci poussait celle-là entre les deux fauteuils à pieds de sauterelle, sous le lampadaire à citrouille orange, vers la double porte vitrée s'ouvrant au gazon.

Il sentit — il sentit avec son nez — que Mme Anoue était partie. Elle se parfumait comme elle s'habillait, comme elle se coiffait, comme elle se chaussait, à la perfection. Et son parfum l'accompagnait, arrivait et *s'en allait* avec elle, comme son agitation et toute sa manière d'être. Il sentait le bridge et la bentley.

Il sortit du meuble sans rien casser, se présenta et s'excusa. Et posa sa question en frottant son bras droit engourdi :

— Madame, pourquoi, de toutes les pièces de votre maison, seule la chambre à coucher est-elle fermée à clef ?

Elle lui montra la porte. Il voulut insister. Elle fit un pas vers lui. Dans son oreille aiguë, il entendit de nouveau le bruit du soufflet qui avait girouetté son confrère. Il sortit. Elle poussa du bout du pied le verrou de bronze, se retourna vers l'intérieur de la maison et enfin soupira, délivrée.

Elle quitta le salon, traversa le hall meublé de faux breton, et monta trois marches basses qui conduisaient à une porte. Dans sa main gauche fermée, moite, elle avait tenu pendant toute l'entrevue avec les journalistes la minuscule clef d'acier de la chambre à coucher. Elle l'essuya contre sa jupe, l'introduisit dans la serrure, referma doucement la porte derrière elle. La pièce était plongée dans l'obscurité totale. Elle respira lentement, longuement, et sourit de bonheur dans le noir. L'air était tiède comme l'eau d'un bain. Il sentait son parfum à elle, une odeur d'herbes fraîches chauffées par la peau. Il sentait, venant de la salle de bains, la lavande de la savonnette. Il sentait, plus proche, poivrée, un peu piquante, la sueur d'homme.

Elle poussa les verrous, et appuya sur un bouton. Une lumière légère s'alluma sur la table de chevet. Sur le lit, un garçon nu dormait. Il était couché de côté sur une couverture de fourrure blanche. Il était heureux, innocent. Ses bras étaient minces et ses mains longues, sa main gauche ouverte dans les poils ras de la fourrure, comme une fleur rose, la paume en l'air, les doigts bruns un peu repliés vers la paume, les ongles brillants sous la lumière dorée. Sa main droite, sur le côté, l'index et le pouce joints, formait comme la tête d'un oiseau. Des muscles légers recouvraient à peine les os de sa poitrine. Son cou était court, tendu par le poids de la tête, et le sang y battait à puissantes, lentes charges profondes. L'oreille qu'on voyait était rouge, bien ourlée, un peu grande parmi les cheveux bruns que la sueur frisait en boucles courtes sur la tempe et sur le front un peu bas. Une grande bouche que le sommeil faisait boudeuse, les lèvres un peu tuméfiées par l'amour. De grands yeux avec les paupières lisses bien tirées sur le sommeil, les cils comme une fermeture éclair.

Elle ne cessa pas de le regarder en se déshabillant. Elle fit tomber sa jupe. Elle n'avait pas pris le temps de mettre une culotte. Elle arracha son pull par-dessus sa tête, les bras levés dressant la pointe des seins. Elle s'approcha du lit et s'agenouilla, les seins posés dans la fourrure. Ses épaules étaient rondes et pleines, son cou puissant, sa tête ronde à peine auréolée de cheveux châtain clair coupés comme ceux d'un garçon. Autant celui qui dormait était esquisse, commencement, autant elle était achevée, pleine, fruit. Elle avait trente ans, lui dix-huit.

Elle s'allongea près de lui, doucement, tendrement le retourna sur le dos sans le réveiller, vint au-dessus de lui, dressée comme un pont sur ses bras et ses cuisses puissantes et lentement s'abaissa, posa sur lui ses seins et son ventre et ses cuisses, et ses bras sur ses bras écartelés. De tout son poids.

Le compte à rebours a commencé hier. Tout s'annonce normal. Le ciel est bleu. Pas de vent. Dans son compartiment d'hibernation Colomb dort. Il rêve. Son rêve va être interrompu. Il faut qu'il soit éveillé seize heures avant le départ. Il restera conscient pendant le début du voyage, puis il se rendormira. Sa température ne sera guère plus élevée que celle d'un escargot de décembre abrité au creux d'une souche. Il ne respirera pratiquement plus. Son sang sera presque immobile. Il pourra recommencer à rêver. Lentement. Pendant soixante jours.

C'est là l'idée nouvelle, l'idée économique, l'idée française pour aller dans la Lune : y aller sans se presser.

Les puissantes nations, avec leurs moyens fracassants, ont fait gicler dans l'espace des fusées monstrueuses, des wagons poussés au cul par des volcans maladroits, déséquilibrés stupides, hurlant comme des cataclysmes, emportant pour le retour un autre volcan mal muselé. Tout cela enfantin et brutal, compliqué comme une administration, primitif comme le feu. Les résultats ont été à l'échelle des tentatives : percutants et fracassants.

La France cherchait depuis longtemps une autre voie : une fusée légère, munie d'un moteur permanent, juste assez puissant pour l'arracher à l'attraction de la Lune, et qu'on aiderait un peu au départ de la Terre. Le problème posé, la réponse crevait les yeux : nous baignons dans l'énergie solaire. Plus : nous sommes des fragments, des miettes de l'énergie solaire. Le cerveau d'Einstein, le pied du facteur, la goutte d'eau, la fleur du pissenlit : tous des enfants du grand-père Soleil. Féroce vieux brasier, merveilleux fabricant de marguerites, il nous inonde d'une puissance démesurée, toujours présente. Il suffit de la prendre et de s'en servir, comme font les brins d'herbe et les océans.

Un chercheur du C.N.R.S. mit au point une peinture qu'il nomma la pélucose (*pe* de peinture, *lu* de lumière, *co* de courant et *se* de rien, pour finir). Appliquée en couche moléculaire sur un conducteur, elle absorbait les radiations solaires par une extrémité de ses molécules, et par l'autre extrémité fournissait du courant.

Dès lors, on put construire la fusée.

Au cœur du mont Ventoux, dans son compartiment d'hibernation, Colomb commence à se réchauffer. Son rêve va s'interrompre. Il l'a commencé il y a quatorze mois, pendant la première période d'entraînement au sommeil froid. Mais est-ce un rêve ? Il écoute une histoire que lui conte sa mère. C'est une image lente, et les mots et les phrases que sa mère prononce il les connaît déjà, elle les lui a déjà dits quand il était enfant. Elle est assise près de la cheminée où brûle du bois d'olivier, elle est assise bien droite dans le fauteuil de paille dont les accoudoirs de noyer luisent doucement à la flamme. Le noyer est un bois gras et doux sous les doigts qui même dans l'ombre luit. Elle se tient bien droite par volonté, car elle est lasse. Elle a été très malade et elle va mieux, mais elle va mourir bientôt. Elle ne le sait pas et lui dans son rêve le sait. Il est assis à ses pieds et il la regarde et l'écoute. Elle est belle, elle est lasse et elle va mourir. Elle connaît des histoires qu'elle a entendues quand elle était enfant et sur lesquelles elle rebrode des couleurs et de l'amour, pour son fils qu'elle aime et qui brûle d'amour à ses pieds comme le bois d'olivier. Le bois brûle et le petit Colomb écoute et brûle d'amour pour sa mère. Mais où est son père ? Mais où donc est-il ? A la guerre sans doute. Les pères sont toujours en train de faire une guerre, et quand ils en reviennent, les enfants ont grandi et les mères sont mortes.

L'HISTOIRE QUE LUI CONTAIT SA MÈRE

Il était une fois, tout à fait au bout du monde, un royaume de fruits et de prés en fleurs que le bleu de la mer bordait très doucement de trois côtés. Une épaisse forêt fermait le quatrième. Elle était si épaisse que personne dans le Royaume, personne pas même le Roi ne l'avait jamais traversée. Parfois des amoureux, un bûcheron, un enfant, un explorateur cherchant des sujets de conférences s'y enfonçaient pendant des heures et des jours. Mais personne, jamais personne pas même le Roi, n'en avait atteint l'autre lisière. Quand l'enfant las, les amoureux affamés, l'explorateur pourvu, renonçaient à poursuivre, la Forêt les repoussait vers le Royaume doucement avec ses branches. Et elle restait seule en elle-même, avec les fleurs les oiseaux et les champignons, et les biches qui passaient de profil derrière les feuillages.

Le Roi du Royaume se nommait simplement le Roi. Et sa femme se nommait la Reine. Ils avaient une fille qu'on ne nommait pas encore Princesse parce qu'elle était trop jeune. Elle changeait son nom d'enfant selon le temps. Par les grandes journées d'été, quand le soleil cuit, sa servante la nommait Canal Ombragé. Alors elle avait frais.

Le nom de la servante s'écrivait comme ceci : . *Cela signifiait Petit-Nid-à-Poissons. Le Ministre du Roi se nommait devant le Roi : Je-Suis-Votre-Serviteur. Devant les jeunes filles : Je-Vous-Regarde. Et devant les courtisans : Gratte-Moi-Le-Pied.*

Le Palais du Roi était blanc avec des fenêtres hautes. Il n'avait qu'un étage, mais il s'étendait très long et aux deux bouts il avançait devant lui, comme des bras, une aile gauche et une aile droite, entre lesquelles luisait une pièce d'eau. Et devant le Palais, jusqu'au bout du regard, il y avait des gazons, des fontaines et des roses.

De l'autre côté de la Forêt s'étendait la République. Elle était vaste et très bruyante à cause des machines qui trouaient le sol, qui cassaient les pierres, qui tordaient l'acier, qui mélangeaient l'air, et qui pétaient partout des petits pets bleus.

L'Empereur de la République était le célèbre Haroun al-Raschid, qui était empereur depuis des siècles, et qui se désolait parce qu'il n'avait pas d'enfant. Il habitait un Palais en acier inoxydable qui était bâti debout comme un livre posé sur sa tranche, et dont le sommet était toujours au soleil, car les plus hauts nuages n'arrivaient jamais si haut. Les trois cent soixante-cinq étages du Palais se composaient chacun de vingt-quatre appartements de sept pièces. Et, dans chacune de ces pièces vivait une des femmes de l'Empereur. Elles étaient nourries par des servantes. Elles ne bougeaient pas. Elles étaient blanches et elles engraissaient.

Tout en haut, sur la Terrasse du Palais, ronronnait la fusée d'or de l'Empereur, toujours prête à partir. Et c'était là aussi qu'il habitait, dans une petite maison de trois pièces superposées, avec l'eau courante, l'électricité et le gaz, et un petit jardin avec des carottes et des poireaux devant la porte. Et des choux aussi.

La troisième pièce, la plus haute, était entièrement, murs et toit, en verre incassable. C'était là que l'Empereur s'enfermait pour méditer, quand le soleil se retirait après l'avoir purifiée, par ses quatre faces et par-dessus. Mais il n'avait guère le temps de méditer, car il passait le plus clair de son temps dans les ascenseurs et les couloirs, à rendre visite à ses femmes.

Enfin, au bout de trois ou quatre cents années de visites, ses femmes se trouvèrent enceintes, et après une...

Cela est ce qu'il rêva pendant ses huit premiers jours d'entraînement. On le réveilla et son rêve fut interrompu. Il rêvait très lentement, car sa vie était lente.

Le père de Colomb ne revint pas de la guerre. Il lui était arrivé une chose drôle. Enfin drôle..., vous jugerez : prisonnier-travailleur dans une mine de mica, il avait été oublié au fond d'un puits avec seize compagnons au moment de la triple défaite. Et, au bout de huit jours, comme il était le plus faible, les autres l'avaient mangé.

Le mont Ventoux a changé de feuillage. Les forêts, si péniblement accrochées à la caillasse de ses pentes par des générations de fonctionnaires reboiseurs, ont été arrachées en quelques semaines. A leur place, les ingénieurs ont planté des arbres métalliques. Après avoir essayé mille et une façons de disposer les plaques de pélucose pour capter le maximum de lumière, ils se sont avisés que la nature a depuis longtemps adopté la meilleure. Un marronnier rond dans le coin d'un jardin, c'est tranquille, c'est agréable, ça ne fait pas de bruit, ça n'a l'air de rien : c'est un pirate de la lumière, un goinfre dévorant. Il la piège, il l'engloutit par toutes ses bouches vertes, ses milliers de feuilles. Si on les posait par terre l'une à côté de l'autre, elles couvriraient tout le jardin et celui du voisin et la moitié du champ de blé et le morceau de route. Un marronnier dans un coin.

Des arbres de fer ont poussé sur le Ventoux. Une forêt noire, sans reflets, le recouvre d'un manteau hérissé et rigide. Cela fait à l'horizon une énorme bosse obscure dans le bleu du ciel, et même la nuit, on voit ce mur plus sombre que le reste de la nuit. Dès que le jour se lève, des milliards de feuilles noires s'orientent vers le soleil et le suivent dans sa course, le boivent et le transforment en courant électrique. Les racines s'enfoncent dans la montagne et portent le courant aux usines souterraines d'accumulation.

Les jours sans soleil, cela fonctionne encore car la lumière demeure. Et la nuit cela fonctionne toujours, car la nuit n'est nuit que pour nous. Ce sont nos yeux qui sont obscurs. Et les jours où le mistral souffle, les feuilles se mettent de profil les branches plient, les troncs ne rompent pas. Le vent qui se déchire aux arêtes d'acier crie une grande rage qui s'entend jusqu'au Rhône. A l'intérieur du Ventoux, on n'entend rien. La montagne creuse est capitonnée comme un coffret à bijoux. Tout y est doublé, bordé, enduit de caoutchouc mousse. La grande avenue bleue qui la traverse en ligne droite de Sault à Malaucène est pavée de dunlopilo. Vingt-trois kilomètres de circulation sans bruit en ligne droite dans la lumière fluorescente. A gauche et à droite les allées secondaires s'enfoncent dans le silence, et entre elles les portes des ascenseurs s'ouvrent, se ferment, sans qu'on les entende. Tout est *trop* huilé, *trop* matelassé. On a pris des marges de sécurité considérables. Il faut absolument éviter, sous risques de catastrophe, de troubler le sommeil des dix-sept qui dorment dans les dix-sept compartiments d'hibernation.

Le dix-huitième compartiment est vide. Son occupant Nilmore le Canadien, à la fin de la période d'entraînement, au lieu de se réchauffer comme les autres, a continué de se refroidir. Au bout de six semaines, à la stupéfaction des savants du Ventoux, il a atteint le zéro absolu. Ce qu'aucun laboratoire au monde n'avait réussi à réaliser, la matière vivante, stimulée, l'a obtenu avec simplicité. On l'a transporté avec précautions au fond d'un puits de verre isotherme. Les savants le regardent à la lunette, le touchent de l'extrémité d'instruments délicats télécommandés. Ils voudraient bien le couper en tranches, l'expérimenter de mille façons par petits morceaux. Ils n'osent pas. Pas encore.

Les dix-sept autres se sont bien réchauffés réveillés, et bien rendormis pour le dernier sommeil avant le départ. Dans la grande salle obscure de l'hibernation, ils sont enfoncés chacun dans un logement capitonné. Ils n'ont pas plus de sensibilité extérieure que des quartiers de bœuf dans un frigo. Une bombe pourrait exploser dans la montagne creuse sans que leurs oreilles l'entendissent. Mais un bruit même bien plus faible, infime, le choc d'un outil contre une paroi, une porte qui claque, un éternuement, qui sait si leur subconscient, qui lui ne dort jamais, ne l'entendrait point ? Et qui peut dire, sous le choc, quel rêve lent quel rêve peut-être d'angoisse lente, de terreur presque immobile, il pourrait alors commencer à construire devant leurs yeux intérieurs, pour le reprendre et le continuer dans l'espace ?

On a pris trop de précautions, de peur de n'en prendre pas assez. Les véhicules qui se déplacent dans le Ventoux roulent sur d'énormes roues de feutre. Leurs moteurs électriques sont enfouis dans des matelas de laine insonore, leurs engrenages de rilsan tournent dans des bassins d'huile.

Les dix mille savants techniciens et manœuvres qui travaillent dans la montagne sont chaussés de charentaises et chuchotent. Et pour que personne, surpris, ne pousse un cri, pour que personne, écrasé, ne hurle, pour que personne ne laisse rien tomber, ne jure, pour que personne ne se trompe, ne s'exclame, pour que tout le monde à tout instant pense aux endormis et *fasse attention,* tout le monde, hommes et véhicules, tout le monde *va lentement...*

Les malades, et surtout les enrhumés, sont immédiatement évacués par une des portes. Il y a deux portes, une à Sault et l'autre à Malaucène, jamais ouvertes en même temps, à cause du mistral.

Plus la porte de la caravane et les portes des routes qui conduisent vers l'aire de départ, au centre de la cuvette de Montbrun. Ces portes ne s'ouvriront que le jour du départ. Ce jour, c'est demain. Les dix-sept l'ignorent.

Colomb ne sait pas qu'il a été choisi.

... Enfin, au bout de quatre cents années de visites, les femmes de l'Empereur de la République se trouvèrent enceintes, et après une heureuse grossesse lui donnèrent un fils. Ce fut une grande joie dans la République, et plus grande encore dans le cœur de l'Empereur. L'enfant fut nourri par ses mères. Elles avaient de gros seins blancs bien circulaires et pleins. Chacune le garda une heure à partir du premier étage. Quand il arriva au niveau de la terrasse il avait sept ans, ce qui est l'âge d'être sevré pour le fils de l'Empereur. Chacune de ses mères lui avait donné un nom. L'empereur Haroun al-Raschid classa les noms par ordre alphabétique, choisit la première lettre du premier qui était naturellement A et la première du dernier qui naturellement était Z, et nomma son fils Azza, ce qui signifiait que

pour son cœur de père et ses espoirs d'Empereur, ce prince encore petit était le commencement et la fin et de nouveau le commencement. En français venu du grec, cela se dit Christophe et cela signifie celui-qui-porte-Dieu. Les Américains disent Joe.

Or, comme Christophe avait sept ans et comme on était au mois d'août, l'Empereur l'emmena faire la boisson.

C'est-une-erreur- c'est-une-erreur- c'est-une-erreur.
Colomb est resté trois jours sur cette erreur.
Enfin le mot vrai a remplacé le faux.

... l'emmena faire la moisson.

La fusée d'or descendit doucement au centre de la plaine. La plaine était plate et s'étendait en rond jusqu'au rond plat de l'horizon. Et les tiges de blé étaient tout à fait verticales et les rangées de tiges tout à fait rectilignes et rapprochées. Jusqu'au fond de l'horizon, cela faisait une épaisse quantité de blé bien mûr qui sous la chaleur du soleil sentait déjà le pain au four.

La fusée descendit au centre de la plaine et se posa sur la Grande Meule. Ce fut comme un bijou sur un chapeau de paille. L'Empereur prit Christophe par la main et descendit avec lui par l'intérieur de la Grande Meule. Un escalier de gerbes tournait autour de l'arbre du milieu et descendait vers la plaine. Chaque marche était une gerbe, et il y avait une gerbe par moisson depuis le commencement des moissons. Le temps de sa vie n'aurait pas suffi à un homme ordinaire pour descendre jusqu'à la dernière marche. Mais c'était l'Empereur qui tenait la main du Prince, et ils arrivèrent en bas le temps d'un étage.

Quand ils furent hors de la Meule, le Prince tendit les mains et l'Empereur lui donna la faucille et la pierre. C'étaient la faucille et la pierre qui avaient servi à toutes les moissons. Le Prince, sans qu'on lui eût appris, affuta la faucille qui devint claire comme le fil du croissant de la Lune...

La Lune La Lune La Lune La Lune La Lune La Lune — La Lune Quoi ?

La Lune il me semble que je dois... la Lune... La Lune moi La Lune moi La Lune moi La Lune La Lune La Lune QUOI ?

... La Lune toute claire...

... la Lune toute claire à son premier jour nouveau.

Puis le Prince se tourna vers le blé. Les tiges de blé étaient hautes comme lui et lui cachaient la plaine. Et l'Empereur qui regardait son fils ne le voyait point car le Prince était de la couleur du blé.

Le Prince se tourna vers le blé qui était mûr et qui attendait. Il leva la faucille qu'il tenait dans sa main droite, tourna le dos à son ombre et frappa.

De toute la plaine, les alouettes s'envolèrent et s'enfoncèrent dans le ciel comme des étoiles fauves dont le chant scintillait. Les coquelicots qui n'avaient pas fini de fleurir se hâtèrent, et les papillons montèrent au-dessus du blé pour se laisser ramasser par le vent.

Le vent. Le vent. Levant et baissant la faucille, le Prince fit le tour de la Meule.

Le temps de sa vie n'aurait pas suffi à un homme ordinaire pour faire le tour de la Meule. Mais Christophe était le Prince, et quand il arriva à l'endroit d'où il était parti, la longueur de son ombre n'avait pas changé. Les derniers épis se couchèrent sur les premiers, et le rond fut fermé. Alors, de cette ronde, une grande vague ronde partit vers l'horizon et tout le blé mûr de la plaine se coucha en soupirant de plaisir, comme l'ouvrier qui se couche à la fin de sa journée. C'était la moisson.

Quand tout le blé fut couché, Christophe vit enfin la plaine.

Elle était rose à cause des coquelicots qui étaient restés debout, clairsemés.

L'Empereur regardait le Prince.

L'œuf de Colomb commence à se réchauffer.

Un tracteur lent quitte l'avenue et entre dans une allée impaire : la onze. Le tracteur est composé d'une plate-forme à chenilles de caoutchouc garnies de patins de feutre, précédée d'un cylindre vertical dans lequel tournent les moteurs insonorisés.

Sur la plate-forme elle-même sont fixés deux rails de rilsan qui disparaissent sous une couche de graisse.

Le conducteur est dans une cabine de verre circulaire, en haut du cylindre. Hermétique et insonore. Vue panoramique totale. Boutons, manche à balai, ralentisseur à gauche et à droite. Pas d'accélérateur.

L'allée se termine en cul-de-sac. Le conducteur arrête son véhicule. Il est ému. Au quartier des répétitions, copié exactement sur celui-ci, il a répété des centaines de fois la manœuvre qu'il va maintenant commencer. Mais une répétition est une répétition, et la vraie manœuvre est la vraie manœuvre... Il respire profondément. Son cœur se calme. Il appuie sur le bouton rouge en haut du manche à balai. A l'avant du cylindre, dans le phare de gauche, un cristal de rubis lance un éclair de lumière rouge, terrible, dont un verre noir ne laisse passer que la signification. En un millième de seconde, il a émis deux cent soixante-douze signaux codés qu'une cellule à la pélucose, dans la paroi du fond de l'allée, a reçus et transformés en ordres.

Derrière le tracteur, une porte de bronze feutré vient fermer hermétiquement l'allée. La lumière s'éteint. Le conducteur crispe les mâchoires, puis s'oblige à se relaxer. Il sait, car il ne la voit ni ne l'entend, que la paroi devant lui vient d'être lentement aspirée par le plafond. Devant lui, dans le noir absolu, bée maintenant l'ouverture de l'immense salle obscure d'hibernation. Elle est de section octodécaédrique, c'est-à-dire qu'elle a dix-huit côtés. Dans chacune de ses parois est creusé un alvéole. Dans chaque alvéole est logé un œuf de plastique. Dans chaque œuf dort un hibernant. Sauf dans le dix-huitième. L'œuf de Colomb commence à se réchauffer.

La main droite sur le manche, le conducteur se penche en avant, essayant de voir alors qu'il sait qu'il ne peut rien voir tant qu'il ne verra pas ce qu'il doit voir. Mais c'est un réflexe charnel : tout homme plongé dans l'obscurité écarquille les paupières comme si de plus de ténèbres absorbées pouvait naître la lumière.

Il soupire. Enfin ! Là-bas, droit devant lui, à cinquante mètres (il sait la distance à cause des répétitions, mais il lui serait impossible sans cela de dire un mètre ou un kilomètre), il *voit* une vague luminosité bleue verticale pivoter et se déployer en silhouette d'homme, jambes écartées, bras en croix. S'il ne l'a pas vue avant, c'est qu'une seule face de la combinaison de l'homme est lumineuse, et l'homme a attendu la seconde S pour tourner cette face vers l'arrivant. Lui, l'homme, le Chef de la Manœuvre, il vit dans cette obscurité, sans interruption, depuis deux ans. Et *il y voit.*

Lentement, il abaisse les bras. Le conducteur appuie le manche en avant. Les chenilles posent l'un après l'autre, doucement, leurs patins mous sur le sol élastique. Dans un fantôme de soupir, le tracteur se met en marche vers la lueur bleue verticale. L'homme est au centre géométrique de la salle. Dix minutes plus tard, il lève de nouveau les bras. Le tracteur s'arrête à un centimètre de lui.

Dans sa cabine, le conducteur est bien content. La manœuvre est terminée pour lui. Bien terminée. Il espère qu'on lui donnera de l'augmentation. Maintenant, c'est le Chef de la Manœuvre qui radioguide le tracteur. Celui-ci repart à reculons vers le compartiment de Colomb et se colle à lui au millimètre. La porte du compartiment glisse sur de l'huile, le chariot supportant l'œuf de Colomb glisse des rails du compartiment sur les rails du tracteur, le compartiment se referme, le tracteur repart vers la sortie, reprend place dans le sas qui se transforme en ascenseur et l'emporte vers la salle de réveil.

Tout cela dans le silence, l'obscurité et la lenteur.

L'obscurité, bien entendu, pour les mêmes raisons que le silence : on craint pour les hibernants le moindre rai de lumière comme le moindre bruit. J'aurais dû vous le dire plus tôt, mais j'ai supposé que vous aviez compris.

Pourquoi Colomb a-t-il été choisi parmi les dix-sept ? Pourquoi lui et pas un autre ? Qui l'a choisi ?

C'est moi, qui voulez-vous ?

Il y avait d'autres candidats. Sans compter ceux à qui on peut donner les noms qu'on voudra et qui n'ont aucune importance, il y avait don Quichotte, Superman, Hamlet, Fausto Coppi. Des champions. Chacun avait ses chances et ses bonnes raisons. Mais quand il s'est présenté, lui Colomb, les autres n'ont plus existé.

Je l'ai choisi un peu à cause de l'histoire que lui contait sa mère. Il n'en a pas oublié une syllabe. C'est ce qui le rend si léger.

Il a trente-cinq ans et quelques mois. Il est mince, de taille moyenne, presque petit. Sa tête est bien ronde, avec des cheveux couleur de bois de chêne ancien, très fins, très clairsemés. Il sera sûrement chauve dans quatre ou cinq ans. Ses mains sont menues, courtes, ses doigts fins. Ce sont presque des mains d'enfant. Il chausse du trente-huit. Ses yeux sont un peu plus clairs que ses cheveux, dans la même couleur.

Je l'ai fait d'os légers et de peu de chair, pour qu'il puisse tenir dans l'œuf comme un oiseau, mais par sa nature même il n'aurait jamais pesé beaucoup. Il est de ceux derrière qui l'herbe se redresse. Il pèse à peine la moitié de son poids.

Je l'ai choisi aussi à cause de son nom bien sûr. A cause de son nom surtout. Colomb des Indes, Colomb d'Amérique, Colomb de la Lune. Colomb comme la Lune, Colomb comme nous... Bien sûr, c'était lui qu'il fallait.

La femme de Colomb se nommait Marthe. Elle avait horreur de son prénom. Je ne l'aime pas beaucoup non plus mais je n'ai pas réussi à lui en donner un autre. Et son mari et son amant n'y ont pas réussi davantage. Ce prénom lui convient. Il la dessine. C'est pourtant un prénom brun, sérieux et triste, et elle n'est ni triste ni brune. Mais c'est le sérieux qui domine, en elle comme dans le prénom. Et le prénom a comme elle les épaules larges, mais il est un peu moins haut de taille, plus trapu. Enfin, elle se nommait Marthe, c'était ainsi, et sans doute non sans raison.

Peut-être une des choses qui avaient contribué à l'éloigner de son mari, c'était qu'au cours des rares nuits qu'ils avaient passées ensemble, il avait continué à l'appeler Marthe comme pendant les heures du jour. Or, les femmes aiment que l'homme qui les aime, pendant qu'il les aime, leur donne un nom de nuit. C'est la marque de leur entente, la clé secrète du langage de l'amour que l'on parle à voix basse, quand chaque mot qui ne signifie rien dit tout. Et s'il arrive que ce nom de nuit échappe aux lèvres de l'homme pendant les heures diurnes, la femme sent tout à coup la chaleur de son sang dans son corps.

Il n'y avait jamais eu de langage nocturne dans la bouche de Colomb.

Le garçon sur le lit, lui, l'enfant nu, lui, la nommait « ma chérie ». C'était tout ce qu'il avait pu trouver. Mais il le disait avec tant d'amour, de fraîcheur, d'ardeur, de candeur, de fièvre, avec tant de vérité, que ces deux mots étaient aussi brûlants de sens, aussi exclusivement destinés à elle que s'il venait à l'instant de les lui inventer.

Depuis deux mois, il vivait nu dans cette chambre. Il avait presque oublié l'univers extérieur. Elle avait presque oublié Colomb quand l'assaut des journalistes l'avait arrachée à leur solitude et rappelée au monde.

Et maintenant, couchée bien à plat, les cuisses bien ouvertes pour se délasser, dans cette impudeur paisible qui est la liberté de l'amour, la tête brune de l'enfant blottie contre elle, joue à joue avec un sein, elle parlait, lentement, de sa voix grave, et disait les décisions qui lui venaient à l'esprit.

— Je ne suis pas une menteuse, je n'aime pas me cacher, je vais tout dire...

Lui, les yeux fermés, saoul de bonheur et d'une fatigue totale, il écoutait, il entendait et ne comprenait rien. La voix qu'il aimait était comme l'eau d'une fontaine qu'on entend seule dans le silence d'une nuit de village. Son bruit pénètre et berce, mais il ne signifie rien, on n'attend pas de lui qu'il ait un autre sens que d'être le bruit de la fontaine...

— ... je divorcerai et nous nous marierons. Mon chéri, nous n'aurons plus besoin de nous cacher. Nous nous cacherons simplement parce que nous ne voudrons voir personne. J'achèterai une maison que je connais en Italie, près d'un lac, je ne sais plus comment il s'appelle. Il y a un grand mur qui ferme tout et un gazon comme en Angleterre. Nous ferons l'amour sur la pelouse au grand soleil. C'est moi qui ai l'argent, ce n'est pas lui. Il va en gagner d'ailleurs avec ce voyage, ça va lui faire de la publicité. Il n'a pas besoin du mien, il n'a pas besoin de moi. Il dit qu'il m'aime mais il ne sait pas ce que c'est l'amour, il n'en a aucune idée.

Tout à coup, il comprit qu'elle lui parlait de l'autre, de l'autre qui l'avait tenue dans ses bras avant lui. Il cria : « Tais-toi ! » et lui mit la main sur la bouche, sauvage. « Ne me parle pas de ce salaud ! ». Elle rit du fond de la gorge, heureuse de sa jalousie, puis fit semblant de se fâcher :

— Ce n'est pas un salaud... Je ne veux pas que tu parles de lui de cette façon.

— C'est un salaud ! Je voudrais qu'il soit mort, je voudrais qu'il ait jamais existé !...

Il se coucha sur elle.

— Y a que moi qui t'aime ! Y a que moi qui existe ! Y a pas d'autre homme au monde ! Y a que moi !

Elle s'émerveilla une fois de plus de sa promptitude à s'éveiller de sa fatigue. Et puis elle se laissa emporter par la fête. Il était vif et lent et tendre et fort et puis de nouveau brutal, divers, jamais le même, et jeune comme de l'acier.

Elle avait trente ans, il en avait dix-huit. Et c'était lui qui savait tout, et elle ne savait que recevoir.

Elle l'avait rencontré dans une fête de charité, alors que Colomb hibernait déjà depuis trois semaines. Il dirigeait un orchestre de trente violons électriques. Trente garçons vêtus de collants bleu-de-nuit, nu-pieds, une fleur entre les orteils, jouaient debout, tendres et sauvages. Il leur tournait le dos, il se tenait devant eux, juste au bord de l'estrade, au bord du public. Il jouait lui aussi, d'un violon un peu plus grand, presque un alto, taillé dans la portière d'une vieille Rolls, un acier-maison, solide et doux, comme on n'en fait plus. Il donnait le rythme de tout son corps, se laissait prendre par lui, fermait les yeux pour être tout à lui. C'était l'orchestre à la mode. Les vieilles dames charitables se l'étaient offert sous le prétexte d'attirer la jeunesse à leur fête vertueuse. Le miaulement terrible des violons de fer leur vrillait les reins. Des lueurs rouges leur passaient devant les yeux. Elles se raidissaient dans les bras des généraux.

Allant faire un achat de courtoisie à sa mère qui tenait un stand, Marthe était passée près de l'orchestre et s'était trouvée coincée par les danseurs au bord de l'estrade, à moins d'un mètre de celui que le programme nommait Sharp. Il se nommait en réalité Luco. C'était un demi-gitan. Elle le regarda quelques instants, amusée. Il se démenait, ondulait du buste, transpirait. Il avait des cheveux gras, trop longs. Il ne semblait pas très propre.

Il ouvrit les yeux, une seconde, et posa son regard sur elle. Elle en reçut un coup au cœur. Cela arrive, cela m'est arrivé une fois à Cordoue. Le regard d'un enfant. Des yeux comme on ne pense pas qu'il puisse en exister. Immenses, noirs, brûlants et tristes. Tristes malgré cette agitation et ce bruit. Et pleins de toute la lumière du ciel malgré ces immenses iris noirs qui lui mangeaient la figure. Cet enfant que j'ai croisé à Cordoue et qui m'a regardé tout à coup comme s'il avait faim et soif, comme s'il avait envie de mourir, et envie que je le sache, avec ces yeux immenses grands ouverts pour que je voie bien jusqu'au fond de son âme, cet enfant c'était peut-être lui... Cela correspondrait comme temps et comme âge. Cet enfant, remarquez, ne pensait rien de ce que je viens d'écrire. Il ne pensait sans doute rien du tout. Il avait seulement des yeux trop grands pour lui. Si vous êtes passé par Cordoue, vous savez ce que je veux dire. Il y a beaucoup d'yeux de ce genre qui se promènent dans la ville, dans des visages d'hommes ou de femmes. Chez les enfants, cela fait mal. Chez les vieillards, cela fait peur. Il y a un musée qui est consacré à ceux des femmes, près du Christ des Douleurs, au fond de la place. Je me demande qui fut leur ancêtre commun, celui qui fit don à la ville de ces mille regards d'outre-monde. Don Juan peut-être entre l'amour et le ciel ? Ou Faust entre l'amour et l'enfer.

Il vit tout de suite l'effet qu'il avait produit. Il avait l'habitude. Il posa son violon, descendit les deux marches et invita Marthe à danser. Elle ne connaissait pas cette nouvelle danse, la valse, qui revenait à la mode, mais cela n'avait aucune importance. S'il lui avait demandé de danser avec lui dans le feu, dans la boue, sous la pluie, devant mille personnes ricanantes, elle aurait fait « oui » de la tête, de la même façon. Il la prit dans ses bras. Elle frissonna tant il sentait la sueur et le linge sale. Elle ferma les yeux et pensa : « Je le laverai ! ».

La même nuit, après la clôture de la fête, il était chez elle

Elle n'avait jamais trompé Colomb. C'était une femme honnête, et sérieuse. Je veux dire qu'elle faisait tout avec sérieux, raisonnablement, avec application. Elle lui fit prendre un bain, lui lava les cheveux, lui frictionna la tête avec une grande serviette-éponge. Encore assis dans son bain, il râlait, il protestait sous la serviette. Il la lui arracha des mains et apparut alors avec une crinière de lion noir. Elle éclata de rire. Furieux, il se dressa et sortit de la baignoire dans une tempête tiède. Il la poussa vers le lit, l'y jeta. Elle riait toujours. Il avait laissé une traînée d'eau fumante sur la moquette. Il fumait quand il la prit. Alors elle cessa de rire.

Elle recevait enfin ce qu'elle avait attendu. Elle savait que cela arriverait un jour. Colomb c'était un rêve, un soupir. Il n'avait pas de poids. Il se posait sur elle comme un duvet. Elle avait reçu de lui des joies légères, un peu exaltantes, comme s'il avait voulu la soulever hors de son corps. Mais elle était de la Terre, charnelle et pleine d'un sang de fruit, elle craignait cet amour qui la tirait comme on tire une plante qu'on veut arracher. Elle avait besoin au contraire qu'on l'enfonçât dans ses racines, envie de devenir racines et terre et eau. Elle avait un papillon, elle rêvait d'un jardinier.

Elle avait épousé Colomb comme on épouse, par circonstances. Les hommes croient choisir leur femme : c'est toujours la femme qui harponne. Mais sa décision n'est pas libre non plus. Elle est le résultat des rencontres, des humeurs, du milieu. On se marie par hasard. Il y a des hasards heureux. Marthe n'était pas malheureuse auprès de Colomb. S'il était resté près d'elle il aurait peut-être réussi à lui ôter son poids, à la faire peu à peu légère comme lui. Il l'aimait. Il pensait qu'elle l'aimait aussi. Il croyait que l'amour est pareil pour l'homme et pour la femme. Quand il fut choisi pour faire partie des dix-huit, il crut qu'elle partageait sa joie puisqu'elle l'aimait. C'était un raisonnement d'homme. Si elle l'avait vraiment aimé, elle lui eût plutôt coupé les bras et les jambes que de le laisser partir. Une femme qui aime n'admet pas qu'un homme puisse avoir une pensée, un geste, un soupir, qui ne lui soit pas destiné. Elle ne tolère pas qu'il travaille, qu'il respire. Alors la Lune !...

Elle le laissa s'éloigner presque sans s'en apercevoir. Il était si léger... Elle était paisible et patiente. Elle se mit à attendre. Elle ne savait pas quoi exactement, et même si ce quoi était qui. Elle avait seulement une sorte de certitude paisible. Quelque chose arriverait...

Et c'était arrivé, c'était là, sur elle et dans elle, et une force énorme était en train de tirer vers son ventre toutes les vagues de la mer.

Luco fut surpris. Depuis un an qu'il dirigeait cet orchestre, il avait eu toutes les femmes qu'il voulait, des jeunes, des moins jeunes, des grosses, des minces, des neuves, des qui avaient beaucoup servi, des peaux fines et des peaux rêpeuses, des poils de tous calibres et de toutes couleurs. Il ne leur accordait que le temps de les laisser rompues, sur un lit, sur un divan, sur un tapis, sur l'herbe. Il ne les revoyait pas. A peine, d'ailleurs, s'il les voyait. Mais chaque fois, il s'accordait à sa partenaire, pensait à elle d'abord. Faire l'amour pour lui tout seul ne l'intéressait pas. Il aimait jouer d'un instrument.

Cette fois, il fut bousculé par la joie qu'il donna. Ce n'étaient plus donzelles poussant des petits cris, s'évanouissant d'un œil, émerveillées trente secondes et revenant à la surface avec la résolution d'emporter de lui quelque chose un bout de cœur un autographe... C'était une femme sans projet, sans mensonge, nue dans sa chair, livrée, et en qui il avait fait naître quelque chose d'aussi profond, élémentaire, que le balancement des laves et des marées. Cette joie qui grondait sourdement dans la peau de celle dont il ne savait pas encore le nom, qui grondait comme un lion endormi, comme un orage à l'horizon, qui allait éclater quand il voudrait comme il voudrait, c'était lui qui la donnait et la multipliait, lui, son geste, sa chair, son souffle, ses mains, sa voix. Il était pareil à Dieu transformant le chaos immobile en la création emportée roulée par le mouvement infini...

C'est ainsi qu'il commença à l'aimer. Et quand vint

le matin, il lui sembla qu'il avait toujours vécu auprès d'elle. Il ne voulut pas la quitter. Elle ne voulait plus qu'il la quittât, jamais.

Elle l'enferma dans la chambre, renvoya les trois domestiques, brûla sa chemise, son slip, ses chaussettes dans le barbecue de cuivre et de briques, alla jusqu'à Clermont-Ferrand, où on ne la connaissait pas, faire de monstrueuses provisions dont elle bourra les armoires froides, et replongea dans la chambre. Il dormait. Elle le réveilla.

Elle ressortit deux heures plus tard, un peu haletante, égarée, incrédule, comblée et avide. Il fallait le nourrir. Elle fit cuire des viandes et des pâtes. Elle rentra dans la chambre, le fit manger, le lava encore, lui coupa les cheveux et les ongles.

Quand elle ressortit de nouveau, elle ne savait plus quel temps s'était écoulé. On sonnait, c'était sa mère. Elle l'embrassa et voulut la renvoyer. Mais Mme Anoue, très inquiète, venait de Paris exprès pour voir sa fille. Elle ne se laissa pas expédier.

— Je t'ai téléphoné cinq fois depuis deux jours ! Jamais de réponse ! Où étais-tu ? Qu'est-ce qui se passe ? Qu'est-ce que tu fais ? C'est insensé !

La femme de Colomb hésita un instant, puis elle prit sa mère par la main et la conduisit devant la porte de sa chambre.

— Mets tes lunettes, lui dit-elle.

— Mes lunettes ?

— Oui...

Étonnée, Mme Anoue obéit. Sa fille entrouvrit la porte.

— Regarde...

Il dormait, nu, dans sa pose favorite, sur le côté, avec sa main droite à demi ouverte.

— Oh ! dit Mme Anoue.

Mais c'était de surprise et non d'indignation. Elle voulut s'avancer pour mieux voir. Sa fille la retint.

— Tu vas le réveiller...

Alors, Mme Anoue se pencha en avant. Sa fille jugea qu'elle en avait assez vu, la tira doucement en arrière et referma la porte.

Mme Anoue regarda sa fille sans ôter ses lunettes. Elle découvrit la métamorphose.

— Je reste ! dit-elle.

— Non !

— Pas chez toi. En face, aux Peupliers. C'est libre. Je loue ou j'achète. Je m'installe. Il faut que je veille sur toi. Tu ne sais pas ce que tu fais ! Tu ne te rends pas compte du scandale si on savait ! Ce petit qui dort pour toi et l'autre qui dort pour la Lune. Ils sont fous ! Tu es folle ! Les hommes sont fous !

Elle regarda une dernière fois sa fille avant d'ôter ses lunettes, soupira, dit :

— Tu as l'air heureuse !

soupira de nouveau, mit ses lunettes dans son sac et ajouta en s'en allant dans le brouillard :

— Mets ton téléphone dans ta chambre ! Et réponds ! Imagine qu'il t'appelle du mont Ventoux ! C'est vrai qu'il dort, mais enfin, avec les maris, on ne sait jamais !

Si Colomb avait téléphoné, sa femme lui aurait dit simplement : « Je suis au lit avec un homme que tu ne connais pas et que je connais à peine, mais je le connais depuis le commencement du monde. Je vais te quitter pour vivre avec lui. J'espère que tu n'auras pas de peine. Et si tu as de la peine c'est la même chose. Tu n'existes plus. Rien n'existe plus. »

Mais Colomb n'est pas en état de téléphoner. Depuis deux mois, il est pareil à une grenouille au fond d'une mare gelée. Son cœur bat une fois par minute. Son sang fait lentement le tour de son corps sans besoin. Ses cellules ne demandent rien et ne rejettent rien. Il respire si lentement que le mouvement de sa poitrine n'est décelé que par les instruments. Quelque part dans son cerveau, ou peut-être ailleurs, car qui sait ce qui se souvient ; du bruit d'une voix c'est peut-être l'oreille ; de la couleur peut-être l'œil ; la peau des doigts du grain de la robe touchée... Quelque part dans son corps, ou peut-être ailleurs, car qui sait ? ce qui n'est plus qu'images sans matière a-t-il besoin d'un support matériel ? Quelque part en lui ou autour de lui quelque chose s'est souvenu de son enfance et lentement, au cœur du monde froid, lui a construit son rêve.

Depuis deux mois, dans son univers lent et froid il rêvait. Le rêve vient d'être interrompu.

L'œuf de Colomb, dans la salle de réveil, tourne lentement sur le coquetier. C'est ainsi que les savants, qui sont de grands enfants tout le monde le sait, ont nommé le support sur lequel l'œuf, en tournant à une vitesse d'aiguille d'horloge, est en train de prendre sa place exacte.

Il règne ici une lumière bleue de crépuscule presque nocturne. On ne distingue pas les murs de la salle qui sont de la même couleur, ni les trois techniciens en blouses pareilles, chacun devant son pupitre, les deux mains aux commandes qu'il ne doit pas quitter.

Un point rose pâle s'allume sur chaque pupitre : l'œuf a trouvé sa place et s'est arrêté. Les contacts magnétiques s'enclenchent doucement. Les courants s'établissent. Sur les écrans des pupitres, un éclair passe, le battement du cœur de Colomb.

Trente secondes, un autre éclair. Le réveil de Colomb est bien commencé. Les trois hommes bleu nuit sont debout chacun devant son pupitre devant le mur invisible. Ils tournent le dos à l'œuf. Ils ne doivent pas être distraits, leur regard ne doit pas quitter les écrans qui les renseignent.

Encore un éclair. L'écran récepteur du thermomètre indique une élévation de trois dixièmes de degré. Le thermomètre émetteur se trouve dans l'estomac de Colomb, en permanence, fixé dans la muqueuse. Quand il reprendra sa vie normale, après son retour, on le lui fera vomir.

Encore un éclair, après vingt secondes. C'est la limite indiquée par les instructions que les trois hommes connaissent par cœur. Le technicien du milieu appuie sur le bouton qui se trouve exactement sous le pouce de sa main droite.

Dans son bureau, Yves Rameau, prix Nobel, attendait le signal. C'est lui, maintenant, qui va prendre la direction des opérations.

Quelques mots sur Yves Rameau, Y. R., Yr comme on dit au Ventoux : il a quarante-trois ans, il est grand et de contours un peu arrondis comme sont les anciens champions de natation. Cheveux châtain en brosse longue, avec quelques bouclettes sur les côtés ; une courte barbe châtain frisée. Il est un de ces rares hommes sur qui la barbe n'a pas l'air d'un déguisement. Un nez solide, des dents de granit, des mains à casser une noix entre le pouce et l'index.

Il est capable de se passionner pour *tous* les problèmes. Rien ne lui est indifférent. Il est toujours joyeux, prêt à aider tout le monde. Il dispose d'un énorme capital d'énergie vitale. Il l'emploie pour et non pas contre. Ainsi l'augmente-t-il au lieu de l'épuiser.

Il s'est occupé de tous les détails du projet Lune et de tous ses ensembles. Il a secoué les pouvoirs jusqu'à ce qu'il ait obtenu tout ce qu'il voulait. C'est lui qui a eu l'idée d'y aller lentement, c'est lui qui a eu l'idée des arbres de fer, c'est lui qui a eu l'idée de, et bien d'autres idées. Il donne des idées à tous ses collaborateurs au lieu de leur en voler. Il n'en est pas plus aimé. Cela lui est égal, c'est lui qui aime. On dit qu'il porte le Ventoux sur ses épaules. C'est vrai, et il ne lui pèse rien.

Il vient de recevoir le signal. Il se lève lentement.

Ses collaborateurs se lèvent lentement. Il y a l'hibernateur, le chimiste, l'analyste, le synthéticien, le physicien, l'électronicien, le mécanicien, le cardiologue, l'endocrinologue, l'hématologue, et quelques autres ciens et logues, les meilleurs du continent. Plus les trois compteurs en état de pré-hypnose, accompagnés de Gus leur psychiatre-hypnotiseur.

Pour mener à bien le projet Lune, les savants du Ventoux auraient eu besoin de calculatrices électroniques de si grande complication que leur élaboration et leur construction auraient retardé le projet de plusieurs années. Yves Rameau, Yr comme on dit au Ventoux, avait eu l'idée de revenir tout simplement au cerveau humain. On ne fait pas mieux. Mais cette machine naturelle parfaite ne fonctionne jamais. Elle donne l'impression de fonctionner parce que quelques rouages extérieurs tournent aux vents, mais la vraie machine interne, qui sait tout et qui peut tout faire, n'est jamais utilisée. L'homme la reçoit à sa naissance, la garde enfermée dans sa tête toute sa vie et pourrit avec elle sans l'avoir utilisée.

Yves Rameau, Yr comme on dit au Ventoux, se livra à quelques expériences avec son ami Gus, le psychiatre-hypnotiseur. Ils eurent bientôt la preuve que tout esprit humain, si inculte soit-il, connaît la solution de tous les problèmes, si compliqués qu'ils soient.

Gus explique : le subconscient individuel contient le subconscient total. Le subconscient total, c'est l'ensemble statique de ce qui fut, de ce qui est, de ce qui sera. Tout homme en sait autant que Dieu. Mais il ignore ce qu'il sait. En le plongeant dans l'hypnose on peut lui donner l'ordre de savoir ce qu'il sait. La difficulté est dans le vocabulaire. Il peut savoir ce qu'il sait, et ne pas savoir le dire.

Yr réplique : les problèmes du projet Lune sont limités à trois dimensions, à un bref morceau de temps et à des disciplines qui ont un langage commun : le langage mathématique. Prenons des esprits rompus à ce vocabulaire.

C'est ainsi qu'une promotion entière de polytechniciens a été mobilisée et mise à la disposition du Ventoux. La plupart d'entre eux sont encore vierges, ce qui en fait pour Gus d'excellents sujets. Il les utilise par équipes de trois. Endormis, assis chacun devant une petite table individuelle, un bloc sous la main, un bic à la main. On leur pose le problème à tous les trois en même temps. A peine la dernière syllabe terminée, ils écrivent déjà chacun la réponse. Ils n'ont pas besoin de calculer. Ils savent la réponse. Ils savent toutes les réponses.

Il est arrivé parfois qu'un ne réponde pas. Pas entièrement ou pas du tout, parce que son état d'hypnose était imparfait ou troublé. Il n'est jamais arrivé qu'ils fournissent des réponses différentes. Ils peuvent ne pas dire ou ne pas savoir dire. Ils ne peuvent pas se tromper.

Les savants qui sortent de la salle des études sous le regard d'Yr ne sont pas de ces ratatinés qui ressemblent à des racines ayant poussé entre des cailloux. Trop souvent, un savant n'est devenu savant que pour se venger de ses imperfections physiques. Cela fait des êtres exceptionnels mais sans équilibre. Yr n'en a pas voulu. Entre deux têtes bien faites, il a choisi celle qu'accompagnait un corps idem. Il oblige ses collaborateurs à participer à la demi-heure de gymnastique lente à laquelle se plient, chaque matin, les habitants de la montagne creuse.

Mais, malgré toutes les précautions, la vie pianissime qu'ils mènent dans le Ventoux risque d'avoir empilé secrètement, à l'étage des réflexes, les dangereux refoulements. Or, pendant les heures qui vont suivre, il aura besoin d'hommes parfaits, totalement transparents, disponibles. Yr a pensé à cela, aussi.

Ils sortent lentement de la salle des études, Yr le dernier, et montent lentement dans le bus qui les attend. Étant donné la température égale qui règne dans le Ventoux, aucun des véhicules internes n'est carrossé. Ainsi, ces vingt et quelques savants, qui comptent parmi les savants les plus savants du monde, se trouvent-ils assis dans une sorte de char à bancs qui les emmène à quinze à l'heure sur ses roues mousses, vers la salle de défoulement.

Sur les tableaux de bord de tous les autres véhicules est apparu, depuis un certain temps déjà, le signal jaune qui signifie *Opération réveil commencée, redoublez d'attention.* Et quand le bus des savants a débouché de l'allée vingt et une, un signal rouge s'est allumé à côté du jaune, à bord des véhicules qui circulent lentement dans l'Avenue. Il signifie : *Laissez passer. Rangez-vous à droite et arrêtez-vous.*

Le bus a gagné lentement le milieu de l'Avenue et roule à cheval sur la ligne jaune, entre deux files de véhicules arrêtés. Ces véhicules, les gens du Ventoux les nomment « les sucres », à cause de leur forme. Ce sont des parallélépipèdes rectangles, posés sur roues ou sur chenilles, de dimensions plus ou moins grandes selon leur fonction, et peints en blanc pour diminuer encore les risques de collision.

En voyant arriver le bus des savants, les hommes et les femmes montés sur les sucres se sont levés. Leurs bouches s'ouvrent en forme d'acclamations et de cris muets, leurs mains frappent lentement des applaudissements silencieux. Le bus entre dans l'allée quatorze. Le trafic lent reprend dans l'Avenue.

Au fond de l'allée quatorze, le bus s'arrête devant une paroi. La paroi s'ouvre en deux sur quinze mètres de profondeur. Les deux énormes murs de feutre, qui s'écartent l'un de l'autre, sont en forme de créneaux, et quand, les savants ayant franchi la brèche, ils se referment derrière eux, les dents de chaque mur s'enfoncent hermétiquement dans les creux de l'autre.

Les trois compteurs sont restés dehors, sur le banc du bus, la tête droite, les mains sur les genoux. Yr et ses vingt-trois savants sont dans la salle de défoulement.

C'est un cube nu de trente mètres de côté, enveloppé par un autre cube de feutre, de mousse et de laine de verre, de quinze mètres d'épaisseur.

Le plafond est nu, rouge vif.

Les murs sont recouverts de grandes reproductions de portraits de femmes par Picasso.

Le sol est de mousse de caoutchouc verte.

Contre le mur du fond sont empilées une centaine de chaises de bois près d'une longue table d'acier aux coins arrondis.

Dédaignant les chaises, Yr et les vingt-trois se sont assis à même le sol, dans la posture du lotus et, complètement relaxés, contemplant les murs, se laissent envahir par l'univers de Picasso. Ils laissent l'horreur descendre en eux, leur emplir d'abord les doigts de pieds, les pieds, les membres inférieurs, l'abdomen et la poitrine. Quand l'eau glauque et morne leur arrive aux lèvres et les suffoque, l'instinct de conservation les convulse et les transporte de fureur, afin de les vider jusqu'à la dernière goutte de ce liquide mortel. Toutes les impuretés nerveuses s'en vont avec lui. C'est une technique de purgation.

Yr, le plus sensible, réagit le premier. Il pousse tout à coup un hurlement sauvage, saute en l'air, retombe sur le cul, s'introduit quatre doigts dans la bouche et en tire les commissures comme pour se l'arracher jusqu'aux oreilles, se redresse en hurlant, se jette contre le mur dans lequel il s'enfonce de dix centimètres et qui le renvoie dans la mousse, rebondit en arc de cercle, retombe sur la tête, se relève et court vers les chaises en hurlant.

Tous les savants sautent, crient, se lancent en l'air, retombent, recommencent, font d'horribles grimaces, se plaquent, s'agglutinent en mêlée ouverte, hurlent, hurlent, hurlent, et courent vers les chaises. Chacun en empoigne une à deux mains et en frappe furieusement la table d'acier. Les vingt-trois savants, plus leur chef, frappent la table d'acier à grands coups de chaises en lui hurlant des injures abominables. Les chaises volent en pièces et les savants en empoignent d'autres et continuent.

Le chimiste hait l'hypnotiseur qu'il accuse de concurrence déloyale auprès des serveuses de la cantine. Il saisit un pied de chaise cassé en biseau aigu, et le lui enfonce dans l'œil...

Mais c'est du faux bois, en mousse de mousse. Il se casse avec un joli bruit, mais ne peut faire de mal. Le pied de chaise s'aplatit sur l'œil de Gus comme de la crème.

Pour les nerfs du chimiste, le résultat est le même. Il s'est défoulé de son geste meurtrier. Il embrasse Gus. C'est fini. Tout le monde passe à la douche. Dans l'œuf, le cœur de Colomb bat cinq fois par minute.

Colomb. Qu'est-ce qu'il éprouve ? Je n'en sais rien ma foi, je n'ai jamais été hiberné. Je suppose que lorsqu'il revient à la conscience, vers 32 ou 33°, il doit d'abord avoir très froid. A moins que ce ne soit le contraire : venant des profondeurs du froid, peut-être trouve-t-il intolérablement chaud l'intérieur de l'œuf qui dégèle ?

Les réflexes conditionnés ont bien fonctionné. Colomb a mordu dans le tube respiratoire, son talon gauche a appuyé sur le contacteur du système télévi-seur. Il voit maintenant tout ce qui se passe autour de l'œuf. Il voit la salle du réveil. De bleu nuit, elle est devenue bleu ciel. Il voit les savants chacun à son poste et les trois compteurs sagement assis devant leurs trois petites tables.

Il voit le bon visage d'Yves Rameau qui le regarde avec ses yeux lumineux d'intelligence.

— Ça va ? demande Yr avec un peu d'anxiété.

Colomb, en souriant, ferme les paupières pour dire oui. L'effort de parler lui a semblé trop grand. C'est comme un second réveil qu'il n'a pas encore le courage d'affronter.

— Colomb, ça va ? demande Yr avec un peu plus d'inquiétude.

Colomb avait oublié que la télé ne tonctionne que dans un sens à la fois. S'il les voit, eux ne le voient point. Il doit répondre. Il fait un effort.

— Très bien, dit-il.

Dans les oreilles d'Yr et des vingt-trois savants, les microphones murmurent : « Très bien. »

Dans le salon désert de la villa de Creuzier, « Très Bien » disait le haut-parleur en forme d'oreille de lapin. La table basse était toujours renversée, les poissons verticaux. Une très légère couche de poussière voilait les surfaces des meubles. L'officier de police avait voulu pénétrer pour présenter ses respects avant la relève. Il s'était heurté à la porte verrouillée. Il avait voulu sonner pour demander si l'on n'avait besoin de rien. Il avait hésité, renoncé. Il était descendu vers ses hommes. Il pensait que la pauvre femme préférait rester seule avec son émotion.

La chambre à coucher bien close était brûlante dans la maison froide.

Colomb en son scaphandre, blotti juste au milieu de l'œuf, a pris au moment de s'endormir la position qui lui est familière, les poings croisés sur la poitrine, fermés autour des commandes, les genoux repliés, la tête un peu basse. Les commandes de tête de genoux et de pieds l'ont suivi collées à lui. Et quand il n'a plus bougé, par cinquante et un orifices minuscules, le pulvérisateur l'a arrosé de fils de mousse de plastique. Il est devenu cocon puis pelote, la mousse a enrobé les câbles, les appareils, comblé tous les vides, empli tout l'intérieur de l'œuf d'un coussin élastique et doux, indéchirable. Cette armure molle, élastique assez résistante pour empêcher les météorites qui auraient perforé la coquille de l'œuf de parvenir jusqu'au scaphandre, protégera Colomb jusqu'à son retour de la Lune. Car l'œuf, sans qu'il soit touché à rien, va devenir l'habitacle de la fusée. Quand la fusée se posera sur la Lune, Colomb n'aura pas besoin d'en sortir. Des pieds et des mains mécaniques pousseront à l'engin, et la télé sera ses yeux. Colomb sera son cerveau.

Dans la salle de réveil, Colomb blotti dans l'œuf ne sait pas encore très bien à quel moment du temps en quel lieu de l'espace il se trouve. Il a de la peine à émerger du sommeil et du froid. Il aimerait y retourner. Il y était bien.

Sous les projecteurs polarisants, la coquille blindée est devenue transparente. Les savants voient l'intérieur de l'œuf, la masse de mousse, d'un blanc un peu livide. Chacun regarde l'appareil qui l'intéresse, bloqué entre la paroi transparente et la mousse dans laquelle s'enfoncent les câbles qui vont vers Colomb caché.

— Bon réveil, petit frère, dit Yr. Je t'annonce une bonne nouvelle : c'est toi qui y grimpes !...

La voix du savant arrive jusqu'aux oreilles de Colomb dans le casque du scaphandre. Maintenant, il sait. Il sait où il est, et à quel moment.

Dans la salle de réveil, après la phrase d'Yr, il y a un court silence. Puis la voix de Colomb.

— Je suis heureux, dit Colomb.

— Je suis heureux, disait l'oreille de lapin dans le salon désert.

Le nouvel officier de police se hâtait vers la villa. Il savait qu'il devait se hâter. Il poussa en vain la porte verrouillée du salon, vint à la porte d'entrée et ne perdit pas de temps à sonner. Il tira de sa poche un instrument qui ressemblait à une clef par un bout et par l'autre bout à une pince à sucre à poussoir, effilée. Il l'introduisit dans la serrure, joua avec pendant quelques secondes et la porte s'ouvrit.

La femme de Colomb revenait du fond du monde, retrouvait son souffle et l'usage de ses sens superficiels, ceux qui s'éteignent quand l'autre, le principal, brûle. Elle entendit le haut-parleur.

— Tu entends ? dit-elle. Ils l'ont réveillé. Je vais tout lui dire...

— Je suis heureux, venait de dire l'oreille.

— Tu seras heureux ? demanda-t-elle.

Mais il dormait déjà, lui tournant le dos, les mains vers la porte. Il avait un peu de duvet au creux des reins avec quelques gouttes de sueur. Attendrie, elle lui embrassa doucement la nuque, puis elle se tourna, tendit le bras vers la table de chevet et attira le téléphone. Elle le posa sur son ventre et décrocha.

— Allô, dit-elle, ici Mme Colomb. Donnez-moi le mont Ventoux.

— Madame Colomb, c'est plutôt ridicule, dit une voix dans la chambre. Vous n'êtes pas Mme Dupont, Mme Durand, Mme Colomb... vous êtes la femme de Colomb...

La porte de la chambre était ouverte, et un homme qui portait l'imperméable des policiers entrait et repoussait la porte derrière lui.

Elle ne cria pas. Elle eut un geste instinctif de pudeur : elle raccrocha et poussa le téléphone sur le bas de son ventre. Pour les seins, après un fragment de seconde, elle renonça à les cacher dans ses mains. Après tout, ils étaient beaux...

— Vous avez bien fait de raccrocher, dit-il, je vous remercie, j'ai failli arriver trop tard.

Elle ne demanda pas « Comment êtes-vous entré ? »

Cela n'avait plus d'importance puisqu'il était là. Elle ne demanda pas « Qui êtes-vous ? » C'était visiblement un policier. Elle ne demanda pas « Que me voulez-vous ? » car elle pensa qu'il était venu pour le lui dire. Elle le pria d'aller lui chercher sa robe de chambre qui était dans la salle de bains.

— Volontiers, dit-il. Il ajouta, galant homme : « Bien que je regrette... »

En revenant de la salle de bains, il se présenta :

— Je suis Monsieur Gé, officier de police, délégué auprès de vous par l'administration du mont Ventoux, pour votre sécurité et celle de Colomb. En passant, j'ai débranché le haut-parleur, pour que nous puissions parler tranquillement. Voulez-vous avoir l'obligeance d'annuler votre demande d'appel ? Vous rappellerez le mont Ventoux après notre conversation si vous le désirez toujours. Vous avez le temps, Colomb ne gagnera la cuvette de départ que dans... (il regarda sa montre) sept heures.

Elle obéit, puis alla faire un tour dans la salle de bains car elle n'était pas à l'aise. Monsieur Gé mit en marche la cafetière automatique et quand elle revint, il lui tendit une tasse de moka.

— Je savais ce que j'allais trouver ici, dit-il, en désignant du menton l'enfant immobile. Comme il dort bien ! (Il soupira :) Dire que j'ai eu cet âge ! Je sais ce que vous avez trouvé en lui. C'est plus rare que vous ne pensez. Vous avez eu de la chance. Mais vous aviez eu aussi de la chance avec Colomb. Vous préférez ça ?

Il fit de nouveau un geste du menton vers le lit.

Elle n'eut pas un instant l'idée de s'irriter de sa familiarité. De quoi se mêlait-il ? Il donnait l'impression d'avoir le droit de se mêler de tout de la façon la plus naturelle. Elle éprouva même le besoin de s'expliquer.

— Colomb, dit-elle, il est gentil, intelligent. Mais à quoi ça sert d'être gentil et intelligent, si c'est pour la Lune ?

Elle se rendit compte qu'elle n'était pas sincère et ajouta :

— D'ailleurs, même s'il n'était pas parti...

Elle regarda le garçon qui dormait.

— Je vous comprends, dit Monsieur Gé. Mais pourquoi l'avez-vous épousé ?

Elle ne se l'était jamais demandé. Elle réfléchit, essaya de comprendre.

— Eh bien... il était amoureux... j'ai été touchée... il semblait avoir besoin d'être protégé. J'ai eu envie de le prendre dans mes bras et de le bercer. J'ai été stupide. Ce n'est pas le rôle d'un mari, de se faire bercer. Et une femme ce n'est pas fait pour protéger...

Monsieur Gé écoutait, souriait un peu. Il avait l'air d'être d'accord.

— Remarquez, nous nous entendons bien, il n'y a pas de malentendus entre nous, pas de mensonges. J'attendais qu'il soit réveillé. Je vais tout lui dire. Après, avec ce voyage nous serons empêtrés ensemble, je serai « la femme du héros », la femme de Colomb comme vous dites, pour nous séparer ça fera une histoire terrible, tous les journaux du monde entier me traiteront de je ne sais quoi. Moi ça m'est égal, c'est plutôt pour lui... Je préfère que ce soit fait maintenant. De cette façon, quand il reviendra, il ne me cherchera pas...

Elle tendit la main vers le téléphone.

— Attendez, dit Monsieur Gé. Il faut d'abord que je vous mette au courant d'un détail.

— Un détail ?

— Savez-vous pourquoi on l'a réveillé ?

— Sans doute parce que c'est nécessaire...

— Voilà qui est d'une logique presque masculine ! C'est en effet nécessaire. Ou plutôt *il* est nécessaire, lui Colomb. Sa conscience est nécessaire, — à un moment précis du début du voyage...

— Envoyez l'image, dit Yves Rameau.

— J'envoie l'image, dit Pierre.

Dans l'œuf, Colomb voit s'effacer et s'éteindre la salle de réveil. A la place, juste devant ses yeux, apparaît l'image de la Lune. Un peu plus grande que ce qu'on voit de la Terre, elle se détache, admirablement nette, sur un fond noir mat. Au centre même du disque lunaire, un petit disque rouge, grand comme un confetti, semble être la tête de la punaise qui le fixe contre les ténèbres. A gauche de la Lune, dans le noir, un confetti vert vif oscille doucement.

— Tu as l'image ? demande Yr.

— J'ai l'image, dit Colomb.

— Tu as le vert ?

— J'ai le vert.

— On ne peut pas répéter, puisque tes moteurs ne sont pas allumés. Je te rappelle pour la millième fois ce que tu dois faire. Je sais que tu le sais, mais tu le sauras une fois de plus.

— Répétez après lui, Colomb, dit la voix de Gus.

— Je répète après lui, dit Colomb.

Yr. — Le point vert c'est toi.

C. — Le point vert c'est moi.

Yr. — La Lune c'est l'image que je t'envoie, indiquant ta direction idéale.

C. — La Lune c'est l'image que tu m'envoies, indiquant ma direction idéale.

Yr. — Tu dois faire coïncider le point vert et le point rouge exactement.

C. — Je dois faire coïncider le point vert et le point rouge exactement.

Yr. — Exactement.

C. — Exactement.

Yr. — Le vert efface le rouge.

C. — Le vert efface le rouge.

Yr. — Le rouge efface le vert.

C. — Le rouge efface le vert.

Yr. — Quand les deux points coïncident

C. — Quand les deux points...

La voix de Colomb s'est tue.

— Qu'est-ce qui se passe ? Colomb ! Colomb ? crie la voix d'Yr.

La voix de Colomb ne répond pas.

Yr consulte ses cadrans. Le rythme du cœur est tombé à 40, 35, 20.

— Nom de Dieu, il s'est rendormi ! crie Yr. Raccrochez-le à 18 et ramenez-le doucement ! doucement ! Quelle dose lui avez-vous donnée ?

— 144, dit le technicien du pupitre du milieu.

Yr pousse un hurlement de fureur. Les parois de la salle de réveil sont heureusement isolées de la même façon que celles du défoulement.

— Nom de Dieu ! depuis un an nous répétons tous les jours ! Tous les jours vous donnez 250 ! Depuis un an vous savez tous les jours qu'il faut donner 250 et aujourd'hui vous donnez 144 ! Vous êtes fou, saboteur, salaud ou con, ou quoi ?

— Il était réveillé, Monsieur, j'ai arrêté.

— Vous n'étiez pas là pour savoir s'il était réveillé ! Vous étiez là pour lui donner 250 ! Depuis un an, nom de Dieu, depuis un an ! Foutez le camp ! Sortez d'ici ! Non, restez là ! Vous ne vous en tirerez pas comme ça ! Georges, prends son pupitre.

— J'y suis, dit Georges le physicien, ancien ailier

gauche dans l'équipe de Lourdes. Il est à 18 et il s'accroche, l'animal, il ne veut pas en sortir.

Colomb s'accroche à son rêve. Il l'a retrouvé d'un seul coup. A la place de la Lune, il a vu les flammes du feu d'olivier, et il a entendu la voix de sa mère, la voix douce, la voix tendre, la voix perdue.

L'Empereur regardait le Prince et ses yeux étaient humides de bonheur. Il pensa qu'il avait bien nommé son fils. Christophe.

— Tu seras plus qu'un Empereur, dit-il.

Ils remontèrent dans la fusée et quand ils furent haut dans le ciel ils virent les machines arriver de toutes parts et se hâter dans la plaine comme des fourmis, en pétant et rapétant. Les machines ramassèrent, roulèrent, vannèrent, écrasèrent, tamisèrent, boulangèrent, et il y eut à manger pour toute la République jusqu'à la prochaine moisson.

Et quand ils furent plus haut dans le ciel, le Prince vit du côté où le soleil se couche une mince et longue ligne verte qui était loin, bien plus loin que l'extrémité de la plaine. Et comme ses yeux regardaient la ligne verte, l'Empereur lui dit :

— C'est la Forêt.

De l'autre côté de la Forêt, quand la fille du Roi et de la Reine atteignit ses douze ans, elle cessa dans son corps d'être une petite fille et le premier ministre, un matin du mois de mai, s'inclina devant elle en l'appelant Princesse.

Il y eut dans tout le Royaume une grande fête qui dura un an. La Reine fit distribuer des rosiers à toutes les femmes pour qu'elles en fleurissent leur jardin et le Roi offrit une pipe à chacun de ses sujets mâles. Parfois un homme oubliait sa pipe dans son jardin après l'avoir fumée (dans son jardin) sous le tilleul qui sent bon dans le silence du jour qui tombe (dans son jardin). Alors, la nuit venue, le rosier de la Reine et la pipe du Roi se mariaient (dans son jardin) et ils avaient un enfant qui était...

— Ça y est, je le tiens il remonte, dit Georges. Ça va vite ! vite ! Bon Dieu, 144, ça y est, il est réveillé.

— Donne-lui 250 ! J'ai dit 250 ! gueule Yr. On recommencera pas avant ! Robert, fais arrêter le compte. Retard envisagé : au moins une heure. Heureusement, j'avais prévu ça aussi ! Vous ne vous en doutiez pas mes agneaux ? Nous sommes partis avec trois heures d'avance sur les données lunaires. Nous avons encore deux heures de marge pour les pépins. Où il en est ?

— 230.

— Le cœur ?

— 97, dit Léon Omont, le biologiste.

— J'arrête ? dit Georges.

— 250, merde ! hurle Yr.

— 235, 240.

— Le cœur ?

— 120.

— 240, 246.

— Le cœur ?

— 140.

— 248, 249, 250.

— STOP ! Le cœur ?

— 160... Ça se calme... 150... 130...

— Il doit se stabiliser à 80-90, dit Yr. Dès qu'il est stable, mets au rouge.

— Dès qu'il est stable, je mets au rouge, dit Léon Omont, L. O., Lo comme on dit au Ventoux.

— Mettre au rouge, qu'est-ce que ça signifie ? demanda la femme de Colomb.

— Je ne sais pas, dit Monsieur Gé. Un terme

technique. Ces savants sont des enfants qui s'amusent. Ils ouvrent les choses pour voir ce qu'il y a dedans, ils envoient des cailloux dans le ciel, et ils se créent un vocabulaire à eux, pour que personne ne les comprenne, pour fermer le clan, la petite bande.

Elle avait redressé la table basse, et sur la table servi du porto. Ils écoutaient l'oreille de lapin.

— Ils ont été affolés par cette rechute dans le sommeil, dit Monsieur Gé, ils ont oublié de couper les circuits, sans quoi nous n'aurions plus rien entendu. Si nous avons entendu, Colomb a entendu aussi, dès qu'il s'est réveillé.

Il ajouta :

— Ce n'est pas grave.

— Stabilisé à quatre-vingt-cinq, dit la voix de Léon. Je mets au rouge. Merde on y est déjà !

— Je vous fais tous passer en conseil de guerre ! hurle Yr. Colomb tu m'entends, petit frère ?

— Bien sûr, je t'entends. Calme-toi, tout va bien.

— Bien sûr, tout va bien ! Si tu te laisses pas retomber dans le trou !... T'inquiète pas, c'est pas ta faute, on t'avait pas mis toute la dose.

— Une erreur ?

— Une erreur ? Tu plaisantes ! Pas d'erreur, ici, jamais ! Un essai. Un palier. Faut y aller mou pour ton cœur tu comprends ?

— J'ai compris.

— Tu te sens bien ?

— Merveilleux. Bien mieux que tout à l'heure.

— Forcément ! Il te fallait tes 250. Allez, on recommence. Attention, envoyez l'image !

— J'envoie l'image, dit Pierre.

— Quand le point vert et le point rouge coïncident exactement, dit l'oreille de lapin, il n'y a plus ni vert ni rouge.

— Il n'y a plus ni vert ni rouge, dit Colomb.

— Écoutez bien, dit Monsieur Gé à la femme de Colomb.

— Écoute-moi bien, dit Yr.

— Relaxez-vous, écoutez bien sans réfléchir, dit Gus.

— J'écoute bien, sans réfléchir, dit Colomb.

— Cette coïncidence du rouge et du vert indique que tu as pris exactement, parfaitement, la position et la vitesse requises pour atteindre ton objectif à un fifrelin près.

— Qu'est-ce que c'est un fifrelin ? demanda Mme Colomb.

— Un terme savant, dit Monsieur Gé. Une unité astronomique de mesure [1].

— Cette coïncidence du rouge et du vert, tu l'auras comme un éclair, dit Yr. Tu n'es pas stable, alors ton point vert oscille, en haut, en bas, à gauche, à droite, et chaque fois une frange de vert et une frange de rouge apparaissent, et chaque fois tu rectifies avec tes moteurs.

— Chaque fois je rectifie, dit Colomb.

— Le difficile, c'est de choisir le moment exact où ils coïncident : tu appuies à fond sur le bouton qui est dans ta main droite, et le pilote automatique prend ta place, tu n'as plus qu'à te rendormir.

— J'ai répété mille fois, dit Colomb, ne t'inquiète pas, ça ira.

1. Monsieur Gé, qui est un homme bien élevé, n'a pas voulu choquer Mme Colomb. En réalité, le fifrelin est une unité de mesure empirique mais assez précise bien que sa définition ne puisse être reproduite ici.

Atteindre un objectif sur la Lune avec une précision d'un fifrelin constituerait une performance remarquable, mais elle semble impossible à réaliser.

— Bien sûr, ça ira, dit Yr. Je ne suis pas inquiet, qu'est-ce que tu crois ! Attention, enlevez l'image. René, envoie-lui les chiffres et vérifie sa vue...

Yr se tourne vers les techniciens et les savants.

— J'ai eu quelques paroles déplaisantes tout à l'heure. Je vous prie de m'en excuser. Je les regrette.

C'était vrai.

Monsieur Gé appuya sur l'interrupteur et l'oreille de lapin se tut.

— Vous avez entendu, dit Monsieur Gé. Tout le succès de sa tentative dépend de cette manœuvre. Il doit agir en une fraction de seconde. Imaginez-le dans son cocon de mousse, au cœur de l'œuf, reposant sur lui-même dans la position du bonheur qui est celle du fœtus. Ses deux mains sont croisées sur sa poitrine. Dans la main gauche, il tient la poignée qui commande les quatre moteurs de direction, dans sa main droite, le bouton de l'automatique. D'une inclinaison à peine sensible à gauche, à droite, en avant, en arrière, sa main gauche rectifie la trajectoire de la fusée, ce qui se traduit devant ses yeux par le déplacement du point vert. Quand celui-ci coïncide exactement avec le point rouge, sa main droite...

— J'ai parfaitement compris, dit la femme de Colomb.

— Je n'en continue pas moins, dit Monsieur Gé. Sa main droite écrase le bouton de commande du pilote automatique. Ce que vous ne savez pas, c'est qu'en même temps, ce bouton commande l'admission, dans l'oxygène que respire Colomb, du gaz auquel il est conditionné, et qui va le rhiberner jusqu'à l'arrivée sur la Lune. La manœuvre d'enclenchement du pilote automatique ne peut pas être répétée. Elle est unique et définitive : la fusée ne se trouvera qu'une fois à l'endroit, au moment et à la vitesse exacts qui permettront à la trajectoire de l'être également. Pour réussir cette manœuvre, Colomb doit avoir l'œil clair, le cerveau disponible, les nerfs en paix. Pourquoi pensez-vous qu'on l'ait maintenu si longtemps en hibernation ? Pour le préparer physiquement à l'hibernation du voyage ? Oui, mais aussi et surtout pour lui nettoyer le système nerveux de tous les souvenirs d'émotions positives et négatives qui risqueraient de le troubler au moment de son réflexe décisif. Tous les petits morceaux de joie, de peur, de chagrin, d'envie, de rancune, de hargne, qui s'accumulent jour après jour dans chaque homme, constituent finalement sa personnalité, et commandent ses émotions, ses pensées et ses réflexes, tout cela s'est détaché de Colomb pendant son sommeil froid, est tombé de lui comme la vieille peau d'un serpent. Il est tout neuf, il est nu. Ce n'est pas le moment de le blesser... La révélation que vous vous apprêtez à lui faire...

— Oh, ça ne le blesserait pas ! dit la femme de Colomb.

— Vous le croyez, dit Monsieur Gé, mais les hommes sont toujours plus sensibles que les femmes ne le pensent. Et Colomb est plus sensible qu'un homme ordinaire. De plus, il vous aime.

— Moi je ne l'aime plus, dit la femme de Colomb.

— Je sais, dit Monsieur Gé. Et une femme qui n'aime plus fera facilement de la chair à pâté avec l'homme qu'elle a adoré, ou lui passera dessus avec un rouleau compresseur, si cela peut la rapprocher d'un demi-centimètre du nouvel élu de son cœur. Les femmes n'ont pas de sentiments. La pitié est un mot dont elles sont incapables de comprendre le sens, sauf s'il s'agit d'un chien perdu ou d'un chat galeux.

— Je n'aime ni ce qui est perdu, ni ce qui est galeux, dit la femme de Colomb.

— Je n'en doute pas, dit Monsieur Gé. Aussi bien ne s'agit-il pas d'une épave, mais de Colomb qui est l'homme parmi les hommes, l'élu, le choisi, la pointe, celui que l'élan de tous les autres va lancer dans le ciel. Et ce n'est pas à votre pitié que je fais appel. Il est au-dessus de nous tous et la pitié est un sentiment qui regarde vers le bas. Ce n'est pas à vos sentiments que je m'adresse, c'est à votre intelligence. Vous n'en manquez pas.

Il arrive rarement qu'un homme dise à une femme qu'elle est intelligente. Il a bien d'autres compliments à lui faire. Aussi, toute femme se trouve-t-elle étonnée et flattée de se l'entendre dire. Même si elle l'est.

La femme de Colomb sourit.

— Vous n'êtes pas bête non plus, dit-elle. Qu'est-ce que vous voulez, exactement ?

— Si vous troublez Colomb aujourd'hui, dit-il, vous risquez de lui faire rater la Lune. Attendez son retour. C'est tout.

Elle réfléchit quelques instants. Sa pensée la ramena dans la chambre à coucher. Elle ferma les yeux, évoqua l'heure précédente. Une chaleur monta en elle, de son ventre vers son visage. Elle dut faire un effort pour revenir au salon, rouvrir les yeux.

— Il va se réveiller, dit-elle à voix très basse. Et elle savait que l'homme qui était là comprenait qu'elle ne parlait pas de Colomb. Elle se racla la gorge et retrouva sa voix normale.

— C'est entendu, dit-elle. Je n'aime pas mentir, je ne sais pas me montrer autre que je suis et dire des mots qui ne correspondent pas à ce que je pense. Mais si je ne lui parle pas je n'ai pas à mentir. Qu'il voyage en paix. Je ne l'appellerai pas. Mais s'il m'appelle je ne garantis rien.

— Il ne vous appellera pas, dit Monsieur Gé. Il n'aura pas le temps. Nous allons l'occuper.

— Et arrangez-vous pour que personne ne vienne me poser des questions.

— Le voyage de Colomb va durer aller-retour un peu moins de cinq mois, dit Monsieur Gé. Nous pouvons, si vous le désirez, vous isoler complètement pendant toute sa durée. Ce sera peut-être un peu long ?

— Non, dit la femme de Colomb.

Sous la fenêtre de ma chambre d'hôtel, aux huit modestes petits carreaux bien transparents bien propres, s'étend un pré d'herbe verte si moelleux, si épais, si frais, si tendre, qu'on a envie de se laisser tomber dedans du haut de l'étage, bien à plat, les bras écartés et les mains ouvertes, pour bien toucher l'herbe épaisse de partout à la fois, en arrivant, et en sentir la fraîcheur tout de suite dans le creux des mains. C'est la raison seule qui dit qu'on se ferait du mal, qu'on se tuerait peut-être. Les yeux ne veulent pas le croire.

Ce pré s'étend, par collines et parcelles, jusqu'au pied du Ventoux. C'est la cuvette de Montbrun, un des derniers coins de silence et de paix encore habités par les hommes. Le jour, il se trouve bien quelque tracteur ou un deux-roues pour fracasser de temps en temps le paysage. Mais ça ne dure pas. La nuit, on n'entend que les oiseaux et le vent.

Je regarde, et je regrette. Tout cela va disparaître. Au fond le Ventoux, à droite les ruines verticales du Montbrun moyenâgeux, encore tout habitées de vieilles petites femmes charmantes, à gauche les pentes des Hubacs garnies de coudriers, et derrière moi mon lit avec son édredon de grand-mère. Tout cela a disparu quand on a creusé le Ventoux. La cuvette de Montbrun constituait un cirque naturel idéal pour le départ de la fusée. On a rasé, égalisé, blindé. Sol d'acier inoxydable, les Hubacs bétonnés, le Ventoux hérissé d'arbres noirs, les ruines abattues à la souffleuse et aspirées, les habitants de la cuvette, du village et des collines transplantés dans la vallée atomique de la Durance, les chères petites vieilles et les paysans moustachus dans des H.L.M. Eux décontenancés mais heureux des frigidaires et des ascenseurs. Et surtout des indemnités. Ils disent : « C'est le progrès. » Les petites vieilles sont tristes. Elles meurent.

A la place du village a été construit un abri blindé transparent en forme de la moitié d'un disque coupé selon un diamètre et posé sur la tranche. Il est destiné à Yves Rameau et à son équipe, aux officiels, aux télés, à la presse, et aux spectateurs privilégiés. Cinq mille personnes environ. Elles sont arrivées par la route souterraine. Les foules obscures sont venues comme elles ont pu, jusqu'au sommet des montagnes les plus proches, d'où elles ne voient rien. Dans la France entière, tous les boy-scouts, les éclaireurs, les enfants des écoles de la maternelle jusqu'au certificat, ont été mobilisés. Ils sont dans les rues des villes, sur les places des villages, dans les chemins de campagne, en files, en groupes, dispersés, ils sont des millions qui attendent l'heure zéro. Ils tiennent dans leur main droite le fil d'un ballon rouge, et dans la main gauche celui d'un ballon blanc. Ces millions de ballons s'élèveront en même temps que la fusée dans le ciel de France dont le bleu complétera les couleurs du drapeau.

Au sommet de l'hémidisque, Yr et son équipe occupent le P.C. du départ. Il est 0 moins 185 minutes. Yr est debout devant le mur transparent qui domine la cuvette de Montbrun. Dans le mur même sont projetés les chiffres, les courbes, les images qu'il a besoin de suivre. A travers elles, en bas, il voit la fusée.

Les équipiers, les vingt-trois et les techniciens, tournent le dos au cirque. Chacun a le regard fixé sur un instrument et n'en doit point décoller.

Monsieur Gé est debout près d'Yr. Il n'a quitté ni son chapeau ni son imperméable.

Au centre de la cuvette, dans le creux du sol d'acier inoxydable, se dresse la fusée. Son sommet ouvert en quatre attend que s'y pose l'œuf de Colomb pour se refermer autour de lui. Cela va se passer ici, juste à la place du vieux mûrier. Il a au moins deux cents ans, la moitié de ses branches tordues sont mortes, mais la plus verte, la plus haute, dépasse le toit de l'hôtel. Je n'ai jamais vu de mûrier aussi grand, aussi respectable. Dix générations de jeunes femmes, et peut-être plus, ont arraché ses feuilles, chaque été, pour les donner aux vers à soie. Il a résisté à tous ces épluchages et au fait qu'il n'est plus utile à rien depuis que le nylon a tué les vers à soie. Les paysans aiment bien couper les arbres inutiles. Mais il appartient à l'hôtel. Il sert encore, l'été, à faire de l'ombre aux familles. La nuit ici est si calme que je n'en dors pas. J'écoute le silence qui tombe des montagnes et emplit la vallée. Le silence, et les odeurs du pré, et la fraîcheur de l'air qui les apporte. Et toujours au loin, un coucou ou un chien de ferme, et la voix si pure de quelque crapaud. Tout près, c'est un oiseau qui rêve dans un des nids du mûrier, ou qui rassure ses œufs inquiétés par la nuit. Jusqu'au soleil, il y a, toute la nuit, dans le mûrier, des oiseaux qui chantent.

Quand je reviendrai tout cela n'existera plus. Il n'y aura bientôt plus un coin d'oiseaux dans le monde. Adieu mûrier, il faut bien que Colomb s'envole.

Les millions de curieux qui sont venus jusqu'aux

sommets des montagnes ont apporté leurs récepteurs T.V. portatifs, pour assister au début de la cérémonie, tout ce qui va se passer dans la cuvette. Ce qui se passera dans le ciel, ensuite, ils le verront en direct. L'heure 0, ce sera 15 h 17′ 31″ 14/100. On est donc aux alentours de midi le 21 août. Le roi soleil bourguignonne sur les agglomérats. Malgré les zefs d'altitude, on cuit sous le nylon et l'alpaga. Les mères de famille ont sorti des cabas-frigo l'eau fraîche et le pastis, le rouge-midi et l'œuf dur. En attendant de se passer les lorgnettes, on se passe le saucisson et le couteau pliant. Les radio-bracelets nasillent des valses qu'interrompt de temps en temps la voix du compte à rebours et celle d'un reporter qui n'a pour l'instant rien à dire de plus que ce qu'il a déjà dit. Il parle des célébrités qui arrivent dans l'hémidisque et décrit leurs vêtures.

— Les pieds ! les pieds ! crient les jeunes. Ce qui signifie qu'il les leur casse.

Filles à cheveux hauts, garçons au crâne tondu, tous sans chaussures selon la nouvelle mode, la plante des pieds protégée par une couche souple de silicone, une fleur entre deux orteils, ils chaloupent dans les caillou-tis et poussent des cris de Sioux quand ils repartent à l'envers.

Tout à coup des appels, un grand silence. On se regroupe autour des récepteurs T.V. Les montagnes poussent un soupir d'émotion : le ventre du Ventoux vient de s'ouvrir doucement. Une large porte noire bée dans la paroi nord-est. Quelque chose qui brille pointe dans l'obscurité, sort, s'envole. C'est une bouteille colossale, d'un rouge violet, avec un nom écrit en travers sur sa panse : NOTREVIN en un seul mot. C'est la plus récente gloire de la France, le produit des vignobles nationalisés, le chef de file de l'expansion et des exportations, l'orgueil national, 11°1/2. La foule des montagnes le salue par une clameur. Des millions de bras brandissent vers la bouteille gigantesque les litres individuels.

NOTREVIN qui est au ciel est un dirigeable télécommandé. Déjà il n'est plus seul. Un oiseau le suit, noir avec un bec jaune, la tête tendue en avant, l'œil malin. « Margo ! » hurlent les montagnes. Oui, c'est l'oiseau bien connu, c'est la pie [1] de Margo, la seule-margarine-qui-contient-du-nutrigent. Puis vient une cigarette qui jette dans le ciel des flocons de fumée rose. C'est Astarté, la cigarette de santé, derrière laquelle s'envole un ballon en forme de flamme aiguë, la flamme de Briquat', le briquet atomique, l'atome dans votre poche, de la flamme pour la vie. C'est toute une caravane publicitaire qui sort des entrailles du Ventoux et dessine dans le ciel un carrousel multicolore. Les firmes nationales et privées qui y participent ont payé des sommes considérables qui ont financé en partie le projet Lune. Et les montagnes couvertes de foules ont des millions de visages tournés vers le ciel, ce qui arrive rarement aux visages des hommes.

Les lessives, les crèmes de beauté, la voiture à turbine de la Régie Citroën, la gaine invisible, le bas inusable, le repas Toupré, Hélidos l'hélicoptère individuel, la dragée Morph pour le sommeil instantané, l'Aspidol qui aspire les douleurs, l'eau Tabou qui digère pour vous, tous les produits qui sont à la pointe du progrès général et du bien-être particulier farandolent dans le ciel sous des apparences allégoriques et laissent tomber vers les foules des pluies d'échantillons

1. On remarquera que la pie de Margo est un merle. Il suffit que la publicité affirme assez fort et assez souvent que le merle est pie pour que le merle soit pie. La vérité, c'est ce qu'on croit.

et de prospectus. Les radio-bracelets nasillent les slogans : NOTREVIN est-bon-et-sain-signé-Pasteur. Le soutien-gorge MALIN soutient vos seins et n'en cache rien. Un pastis Verdurin fait plaisir et fait du bien. Un, deux, trois, c'est mangé, c'est le repas Toupré. Dormez sur NUAGE ! Le matelas qu'on ne sent pas. NOTREVIN-est-bon-et-sain-signé-Pasteur. Des fanfares, des chants gigantesques descendent du ciel en un mélange de fête foraine. Sur les poignets suants, les radio-bracelets sont mis au maximum. Les T.V. gueulent. Les enfants hurlent de joie en tendant vers le défilé céleste leurs menottes chéries. Les mères essuient leurs visages congestionnés avec les mouchoirs Zéphyr, les mouchoirs à rafraîchir qui tombent du ciel en flocons. Les pères happent les échantillons de pastouille qui descendent en parachutes minuscules. C'est une grande fête pleine de sens. C'est toute la joie de cette foule qui va porter Colomb vers la Lune, c'est tout ce progrès qui défile dans le ciel sans nuage qui va partir symboliquement avec le Voyageur à la conquête du Cosmos. La Lune est le premier pas de l'expansion de l'homme et de sa gloire universelle.

Moins 60'.

Silence. Le ciel s'est tu. La caravane a disparu derrière une montagne. L'hymne national jaillit de tous les poignets. Les foules se lèvent. Le Ministre, les cinq mille invités de l'hémidisque se lèvent et regardent.

Yr et ses techniciens regardent leurs cadrans. L'ultime manœuvre avant le départ est commencée.

Monsieur Gé ôte son chapeau. Il ne veut pas se faire remarquer. Les techniciens n'ont pas le temps de le regarder, mais les murs sont transparents... A travers le mur, il regarde le sommet du Ventoux qui est en train de s'escamoter. Les flancs du mont se résorbent, avalés par la base, et découvrent sur la plate-forme du sommet la masse énorme, noire, accroupie, d'un macrohélicostable replié.

Le rotor du centre démarre, les quatre bras latéraux se déploient, les béquilles télescopiques dressent le monstrueux appareil sur ses pattes de mygale, les quatre rotors en bout de bras démarrent à leur tour, et l'appareil s'élève avec douceur. Au-dessous de lui, au bout d'un fil à peine visible, il extrait de la montagne une bulle de lumière, minuscule, nacrée : l'œuf de Colomb.

L'hélicostable déplié a 276 mètres d'envergure. Le précieux fardeau qu'il emporte mesure 1 m 52 de diamètre... L'appareil noir s'élève avec précautions, sans secousses, presque sans bruit. Ses rotors font un souffle d'ailes de velours, ses moteurs ronronnent doucement dans le grave. Il se dirige vers le centre de la cuvette. Ses poutrelles centrales, ses quatre bras immenses, ses huit pattes arquées et grêles se découpent en noir sur le bleu du ciel et lui donnent l'apparence d'une ombre de squelette d'insecte, impondérable, montant vers l'azur sur un reflet tiède.

Des montagnes, on voit à peine le fardeau qu'il emporte. Les bonnes vues le découvrent, on s'exclame, on se le montre du doigt, on s'étonne. Un grand soupir de surprise et d'affection monte vers lui. C'est lui ! C'est l'œuf ! C'est Colomb ! C'est notre enfant ! Comme il est fragile, comme nous l'aimons, comme nous sommes fiers de lui ! Les jeunots eux-mêmes cessent de chalouper et regardent, et sentent quelque chose qui leur serre un peu les muscles du ventre autour du nombril.

Yr, tous les muscles de sa gueule durs comme du granit, surveille ses images dans le mur, prêt à intervenir à la moindre défaillance du programme automatique. Monsieur Gé regarde vers le ciel avec une ombre de sourire. L'hélicostable s'est immobilisé très haut, juste à la verticale de la fusée ouverte.

Sur l'écran central de son tableau, Yr voit un point de lumière briller au point H de la ligne d'altitude.

— H en place, dit Yr. Vérifiez au millième.

— Bon pour la hauteur, dit une voix.

— Bon pour l'ouest.

— Bon pour l'est.

— Bon pour le nord.

— Bon pour le sud.

— Les vents ? demande Yr.

— Nord-est trois nœuds, dérivé en amont. Au point H, nul.

— H attention ! Attention à la descente !

— Vas-y, tu peux, dit H, nasillard. Je suis oké. Terminé.

L'hélico descend, devient énorme, emplit tout le centre de la cuvette, pose ses pattes monstrueuses autour de la fusée, s'immobilise : l'œuf de Colomb a pris place exactement entre les quatre segments du nez de la fusée. Les segments se referment autour de lui comme une main hermétique.

Moins 30'. L'hélicostable remonte. A mesure qu'il s'élève, le fil qui le relie à l'œuf extrait de son ventre une sorte de loque noire interminable. Est-ce un drapeau ? un accident, une entraille de l'insecte qui s'arrache ? Encore 150 mètres vers le haut et l'hélico délivré laisse au-dessous de lui, accrochée à la fusée, la larve dont il vient d'accoucher : un immense ballon noir, flasque, mal gonflé, un peu ridicule, qui remue doucement, comme l'image négative d'une flamme plus haute que la tour Eiffel. C'est le ballon qui va emporter la fusée aux limites de l'atmosphère.

Monsieur Gé a remis son chapeau. Le Ministre a fait

son discours. « Les pieds ! les pieds ! » a crié la jeunesse. Les radio-bracelets se sont fermés. Faire un discours, vraiment, à un moment pareil, les hommes de la politique ne comprendront jamais. Les familles lui jettent, dans l'écran des télés, les peaux de saucisson et les écorces d'orange. Enfin il disparaît, on rouvre le son, une voix inconnue s'élève. Nous la connaissons, c'est la voix d'Yves Rameau.

Yr. — Allô Colomb, tu m'entends ?

Un silence gèle la foule. Colomb répond :

Colomb. — Oui, j'entends.

Yr. — Écoute le compte.

C. — J'écoute le compte.

Le compte. — 312, 310, 308, 306.

Yr. — Ça fait cinq minutes.

C. — Ça fait cinq minutes.

Yr. — Tu es oké ?

C. — Je suis oké.

Yr. — Je t'embrasse, la France entière t'embrasse. Toute la Terre t'embrasse.

C. — Merci, je suis touché.

Colomb parle calmement, poliment, sans émotion.

Yr. — Trois minutes. Tu n'as rien à dire ?

C. — J'aurais aimé parler à ma femme.

Monsieur Gé pose sa main sur l'épaule d'Yr. Celui-ci sait ce que cela signifie.

Yr. — Trop tard pour établir le contact, mais parle-lui mon vieux, elle t'écoute, comme le monde entier t'écoute.

Il y a quelques secondes de silence.

Les femmes sur les montagnes en ont la bouche ouverte et la main sur le sein. Moment inoubliable. Je vais entendre le héros parler à sa bien-aimée.

— Allô, Marthe...

— 148... 146...

— Au revoir, Marthe... Tout va bien, ne sois pas inquiète... (Une seconde. Il hésite. Il ajoute :) Je t'aime...

Ah !... Toutes les femmes sur les montagnes ont reçu ces trois mots dans leur cœur. Ah ! comme elles voudraient, à la place de Marthe, le serrer sur leur poitrine, l'embrasser sur la bouche, lui répondre mon chéri je t'adore, je suis la femme de ta vie. Mais malgré le progrès, malgré la technique, cet océan d'amour qui coule des montagnes rien ne peut le lui faire connaître. Il doit bien le sentir quand même, c'est pas possible autrement. Allez ça a assez duré, qu'il s'envole, on en peut plus, qu'il emporte dans la Lune son amour pour Marthe, et l'image de sa bien-aimée qui l'attend éperdue d'inquiétude, d'amour et de fierté.

Yr. — Une minute !... Au revoir, petit frère, bon voyage, envoie-nous des cartes postales. Je coupe. Contact automatique. Les vents ?

— Zéro.

— Le ciel ?

— Cent pour cent.

— Quatorze..., treize..., douze...

— Les circuits ?

— Oké partout.

— Deux..., un..., ZÉRO !

Les ancres électro-magnétiques annulées, rien ne retient plus Colomb à la Terre. Le grand ballon un peu idiot monte doucement, emportant au bout de son fil la fusée pareille à un long suppositoire noir. Les montagnes retiennent leur souffle. Le Ministre se demande si son discours a été apprécié. Le ballon accélère sa démarche, sort de la cuvette, surgit au-dessus des sommets, monte vers l'azur. Les montagnes libérées hurlent le nom de Colomb, hurlent des hurlements sans forme qui signifient la joie et l'enthousiasme et l'amour. Des millions de petites mains s'ouvrent au signal des radio-bracelets, et les millions de petits ballons blancs et rouges montent derrière le grand ballon noir dans tout le ciel de France qui devient tout à coup pointillé. L'azur qui a absorbé Colomb les efface.

Et tandis que l'hémidisque se vide et que les foules exténuées glissent vers le bas des montagnes, une voix soudaine, brutale, énorme, tombe du ciel vers les hommes :

— Tas d'idiots ! Qu'est-ce que vous croyez ?

Les corps se figent. La peur. L'incroyable. Est-ce possible ? Serait-ce...

Les têtes se lèvent vers le ciel et les regards découvrent...

Une vache en plastique plane au-dessus de la cuvette. Une énorme belle grasse vache blanche, avec des mamelles roses bien gonflées. Une charolaise. Et sur ses flancs blancs les lettres vertes L.D.R.

Les foules soulagées rigolent. C'est encore un coup de la Ligue des Rétrogrades. Ceux-là, ils en ratent pas une.

— Meeuh ! fait la vache, qu'est-ce que vous allez chercher dans la Lune, tas d'idiots ? Vous n'y trouverez rien de mieux qu'ici. Lisez nos tracts. Adhérez à la L.D.R. Vive la nature ! Mort au progrès !

Un petit réacteur s'allume au derrière de la vache. Elle fait le tour des montagnes, semant sous elle une pluie de tracts. Un avion de la police la prend en chasse pendant que les voitures-gonio essaient de repérer le poste qui la télécommande.

Les gosses ramassent les tracts, les adultes s'en foutent. Monsieur Gé souriant en lit un qu'on vient de lui apporter. Sous l'image d'une vache est imprimé un texte signé L.D.R. :

« Nous croirons au progrès quand les ingénieurs auront réussi à fabriquer une machine aussi parfaite que celle figurée ci-dessus.

« Elle ne demande ni graissage, ni mise au point, ni révision, ni remplacement de pièces détachées.

« Elle va d'elle-même vers la matière première qu'elle est chargée de transformer et l'absorbe.

« Cette matière première, qui sert en même temps à l'entretien de la machine et à la fabrication du produit fini, entre par une extrémité et sort par l'autre sans que l'homme ait à se préoccuper du processus de transformation.

« Les déchets de fabrication, rejetés à part, servent à renouveler la matière première.

« Quand le rendement de la machine commence à baisser, on lui fait fabriquer une autre machine semblable à elle-même, et elle retrouve aussitôt son efficacité.

« Enfin, quand elle est usée on la mange.

« Que les Messieurs Ingénieurs en fassent autant ! Ils n'en trouveront pas dans la Lune !

« Si nous allons chatouiller le ciel, il nous tombera sur le nez.

« Vive la nature ! A bas le progrès ! »

L'avion de la police a descendu la vache au lance-flammes au-dessus de la Crau. Les foules coulent vers les parkings, les parkings se vident sur les routes, les heures d'embouteillage commencent. Yr et son équipe sont seuls au sommet de l'hémidisque vide. Monsieur Gé est parti. Le ciel est sans tache. La fête est finie. Ce fut un grand jour.

Derrière les persiennes vénitiennes occultées, le salon baignait dans une pénombre sous-marine. L'oreille de lapin y dressait son épave blême, muette. Les poissons figés dans la dalle de verre semblaient sur le point d'en sortir pour aller nager parmi les meubles engloutis. Silence. Autour de la maison, le soleil rôtissait les pelouses. Un merle trépignait sur le gazon près du trou sec d'un ver de terre, dans l'espoir de faire croire au ver qu'il pleuvait et qu'il ferait bon mettre le nez à la fenêtre.

Autour de la colline, le cordon de police refoulait les curieux et les journalistes, d'ailleurs peu nombreux. Monsieur Gé avait fait chuchoter partout que la femme de Colomb avait quitté la villa et suivait le voyage de son mari du cœur même du mont Ventoux.

Au coin sud-ouest de la villa, derrière les volets de fer, dans la pièce chaude, le téléphone sonna. Il sonna longtemps. Enfin une main effilée, au bout d'un bras mince, décrocha le combiné et le porta contre une oreille un peu grande.

— Allô ! dit le garçon.

— Allô, c'est Marthe ?

— Non, c'est Luco.

— Oh !... Passez-moi ma fille !
— C'est pour toi, chérie.
Le combiné changea de bouche et d'oreille.
— Allô... dit la femme de Colomb.
— Allô, Marthe ? Tu en as mis un temps ! Tu ne devrais pas laisser répondre ce garçon ! Si c'était un journaliste qui t'appelle ! Tu te rends compte de l'effet ? Est-ce que tu as écouté, au moins ? Tu sais qu'il est parti ?
— Qui ? demanda la femme de Colomb.

Au-dessus des couches bleues, le grand ballon noir, maintenant parfaitement gonflé et rond, continue à monter dans l'air qui devient rare. Les radars du Ventoux ont suivi son ascension et sa dérive. Tout se passe bien. Dans le labo de l'hémidisque, les appareils vibrent, claquent, frétillent, tandis que les voix des techniciens renseignent Yr qui suit la silhouette du ballon sur l'écran du laser.
— 5,60 m.
C'est la voix qui traduit en mètres-seconde la vitesse ascensionnelle.
— 2 mètres sud-ouest.
C'est la voix qui donne la vitesse et la direction de la dérive.
— 5,25 m.
— 2 mètres sud-ouest.
— 3,12 m.
— 2 mètres sud-ouest.
— 1,60 m.
— 2 mètres sud-ouest.
— 0, il ne monte plus.
— Je crois que je suis au-dessus du Léman, dit la voix de Colomb dans le haut-parleur ionique.

— T'as l'œil, petit frère ! dit Yr, c'est la Méditerranée !

— Oh ! C'est incroyable ! Je n'ai plus l'échelle !... Je pense que c'est la T.V... Ça tourne, ça tourne, le ballon tourne... Ma tête aussi.

— Coupe la T.V., fie-toi à tes cadrans. Cette bonne vieille ferraille de tableau de bord, y a rien de tel.

— T.V. coupée. Ça va mieux...

— O.K. Tu es stabilisé. En avance de trois minutes sur l'heure prévue. Altitude 127 000 pieds et des poussières.

— 127 342 à bord.

— Correct. Vérifie le circuit B.O...

— Vérifié.

— Alors on va commencer les chevaux de bois... Le compte, s.v.p.

— 123, 122, 121... compte la voix du programme de mise en orbite.

A zéro, un petit soleil bleu s'allume au derrière de la fusée. L'ascension reprend, s'accélère. Maintenant c'est la fusée qui pousse le ballon dans l'air de plus en plus rare. Le lien qui relie la fusée au ballon et qui paraissait un fil aux yeux des foules est un mât creux de magnésium, léger, solide, qui pénètre à l'intérieur du ballon, solidaire de lui par des câbles. Il pousse le ballon de plus en plus vite. Il n'y a pratiquement plus d'atmosphère, mais la vitesse devient telle que le ballon risque quand même de freiner et de faire dévier la fusée. Le programme enregistré déclenche l'explosion prévue. Le ballon se désintègre en un centième de seconde. La fusée continue sa route de plus en plus vite, poussant devant elle le long et mince mât de magnésium autour duquel est enroulé une sorte de fuseau, pareil à un parapluie roulé.

Accélération. Colomb s'enfonce dans la mousse. A

l'intérieur il sent peser ses organes, le cœur qui tire sur ses câbles, et tout ce poids des tripes pourtant vides... Il appuie du talon gauche sur le déclencheur T.V. Il sait que la T.V. s'est allumée autour de lui. Il ne voit rien. Voile noir. Il n'aurait pas dû rallumer si tôt.

Loin au-dessus de l'atmosphère, la fusée amorce une courbe. Le soleil bleu qui la poussait s'éteint. Le premier étage, vieux chaudron ravagé par le feu, se détache d'elle et la suit en dandinant.

Six bougies roses s'allument au derrière neuf de la fusée. Le chaudron s'éloigne...

Yr tamponne son front moite.

— Il y est, dit Gus.

— Tu y es, petit frère, dit Yr. Ouvre ton pépin.

Colomb appuie son coude droit contre ses côtes. Un bouton crépite, un relais claque, le parapluie roulé autour du mât bourgeonne, pousse autour du tronc de magnésium mille branches sur lesquelles s'ouvrent des feuilles noires. Un arbre gigantesque précède la fusée dans le vide et boit pour elle l'énergie du soleil.

Maintenant, Colomb voit. Il voit le ciel noir, les étoiles multicolores, le soleil d'or chevelu et le gros ventre bleu de la Terre, mal enveloppé de coton. Il éteint la T.V. L'image des cadrans s'allume à la place des constellations. L'accélération constante de la fusée s'inscrit sur l'écran central comme une bulle qui monte lentement vers la ligne horizontale d'une surface. Quand elle l'atteindra, ce sera le moment délicat où Colomb devra intervenir pour fixer la fusée sur sa trajectoire. Celle-ci cessera alors d'être ellipse pour devenir spirale, et le voyage de soixante jours vers la Lune commencera...

Suzanne habitait rue Suzanne. Cela s'était fait par hasard. Les vieux ateliers branlants, style Montparnasse héroïque, devenaient extrêmement rares. Elle avait déniché celui-là au fond d'une cour oubliée, entre les abattoirs et le gratte-ciel de Vaugirard.

Suzanne est la sœur de Colomb. Elle a quelques années de plus que lui.

L'atelier, quand elle le découvrit, était occupé par une petite vieille aux cheveux rances, dont le mari défunt, ancien facteur, s'était mis, au moment de sa retraite, à recopier sur toile les illustrations des calendriers postaux collectionnés pendant sa carrière administrative. Un marchand l'avait découvert et lancé le temps de vendre sa collection, puis laissé tomber. Le facteur, qui n'était jusque-là que facteur en retraite, avait savouré la joie amère de devenir un artiste incompris. Il était mort un jour de pluie dans l'escalier du métro Vavin.

Suzanne qui cherchait, carnet de croquis en main, des vestiges du vieux Paris pour illustrer les chemises qui allaient être à la mode l'été suivant sur la plage d'Hyères, suivit son cœur qui suivit un chat jaune galeux à la queue brisée en Z. Avec le désir de lui être bienfaisante, peut-être de le recueillir. Le chat s'insinua dans une moins-que-ruelle, hiatus entre deux murailles de béton râpeuses mouillassées de coulures noires. Suzanne suivit, piétinant des Dieu-sait-quoi qui craquaient et d'autres qui beurraient. Récompense : elle déboucha sur cet incroyable, une courette pavée, avec un bec de gaz oblique désaffecté, un acacia qui avait encore une branche verte, une remise au toit enfoncé, une voiture à bras, une murette portant des lambeaux d'affiches de l'époque Savignac, et pour fermer le tout, cet atelier à la carcasse de bois verdie, aux carreaux rafistolés avec du journal et de la colle-farine. La toile parasoleil qui pendait en ventres vides sous sa verrière était tachée comme le matelas d'un enfant qui a des longs pipis au lit.

Le chat passa par le trou d'un carreau et Suzanne par la porte. Immédiatement, elle proposa à la vieille l'échange contre son studio au cinquante et unième étage de la Défense, ascenseur express, confort total. La veuve-factrice gémit, refusa. Jamais elle ne quitterait ce..., etc. Il y fallut un chèque.

Ce fut seulement en sortant que Suzanne, encore bouleversée par sa trouvaille, lut le nom de la rue où débouchait l'entre-deux-murs : rue Suzanne. Le plus incrédule, le plus rationnel, y aurait vu un signe du sort. Suzanne vit. Elle emménagea, abandonna son métier de modéliste et se remit à la peinture. Elle signa Suzanne, en pensant qu'ainsi la postérité qui célébrerait sa gloire n'aurait pas à débaptiser la rue.

C'est une brave fille, un peu toc. Elle a quelques années de plus que Colomb, mais elle pourrait passer pour sa mère aussi bien que pour sa sœur. Et certains matins pour sa grand-mère. Elle est très grande, trop. Sèche, dévorée de l'intérieur par les cigarettes, des mégots partout sous les pieds. Des cheveux gris coupés court en mèches, peignés avec les doigts. Des pulls d'homme, grand patron, sur une poitrine creuse, des jupes plates de diverses longueurs, des souliers péniches.

Elle a eu dans sa jeunesse de grandes amours tourmentées, généreuses, sentimentales comme celles d'un garçon. Puis elle a pris des hommes sans y faire attention. Elle les a tous oubliés. Il lui arrive encore de ramener un Américain ivre qui s'enfuit au matin.

Elle pense qu'elle a été désignée pour réhabiliter, ressusciter la vraie peinture, la seule, l'authentique : l'abstraite. Après l'effondrement qui vit les collections de milliardaires emplir les poubelles et celles des musées d'art moderne glisser discrètement des cimaises vers les caves, on se demandait encore comment tant de gens pendant tant d'années avaient pu ainsi se laisser égarer, et perdre le sens de l'évidence. Pour les imbéciles, cela allait de soi, mais nombre d'esprits clairs y avaient succombé, par crainte de paraître attardés ou obtus. Ou bien pris au piège de leur propre littérature. On peut tout expliquer avec des mots abstraits. Et quand on ne trouve pas celui qui convient à une subtilité particulièrement exquise d'une pensée raffinée, on le fabrique.

Bref, on s'était aperçu un jour, non sans une certaine gêne, que tout cela ne valait rien, et même les chiffonniers refusaient d'en débarrasser les appartements à moins qu'on les payât. Quelques innocents pensaient que c'était une grande injustice que le temps réparerait. Suzanne était la plus innocente de ces innocents. Elle décida de se battre et de donner l'exemple. Elle peignit des hectares non figuratifs qui s'entassèrent dans son atelier. Personne ne s'intéressait à son effort nostalgique. C'était une époque liquidée. On repeignait des pots de fleurs, trois pommes et un bougeoir sur une table, un poisson dans une assiette, et des portraits dont les yeux étaient de part et d'autre du nez. On s'extasiait sur la nature retrouvée. On peignait des peupliers et des vaches et des champs de bruyère. On peignait pointu, on peignait rond, on peignait carré, on peignait frisé, on peignait fin, empâté, coloré ou triste, chacun avait bien entendu son style, sa personnalité et son vocabulaire, mais tous peignaient des objets reconnaissables. C'était un grand soulagement pour les esprits simples.

Suzanne ne vendait rien et cela lui était égal. Le peu d'argent légué par son père suffisait à ses sandwiches et à ses jupes en tergal. Quand Tierson, le journaliste du bahut cérusé, la dénicha, elle était assise à même le sol sur ses talons maigres et contemplait avec effroi une toile vierge posée devant elle parmi les mégots.

— Vous êtes bien la sœur de Colomb ? demanda-t-il.

Elle lui ordonna de se taire, continua à fixer la toile d'un regard ravagé, puis expliqua, par courtes phrases, par gestes, par soupirs, ce qui la poignait.

Elle voulait justement consacrer un tableau au voyage de son frère. Mais elle n'en trouvait pas la clef. Il fallait que rien n'y rappelât la ligne droite (distance théorique de la Terre à la Lune), ni la ligne courbe (trajectoire, distance réelle), ni le bleu du ciel, ni le noir de l'espace, ni le rouge des moteurs, ni le jaune du soleil, ni le vert de la Terre, ni aucune forme ni aucune couleur qui existât sur la Terre ou sur la Lune, ou entre les deux ou autour. Car chaque forme, chaque couleur évoquée eût été une limitation.

— Et il faut que tout y soit, vous comprenez ? Tout ! Tout !

Il comprenait parfaitement. Il comprenait tout ce qu'elle voulait.

— Est-ce que vous fréquentez beaucoup votre belle-sœur ? demanda-t-il.

Elle soupira et tourna la tête, cherchant autour d'elle un choc visuel, un signe, un appel...

— Ma belle-sœur ?...

Tout à coup elle se raidit, les yeux fixés sur quelque chose qui apparaissait derrière une pile de toiles. Elle bondit, saisit l'objet et tira. C'était une cuvette en plastique jaune. Elle l'essuya du coude, la posa brusquement par terre, vida à l'intérieur un tube de carmin, puis un vert véronèse, un flacon d'huile de lin, de la craie pilée, un tube d'indigo, un jaune d'or, un flacon de siccatif, tous les tubes épars sur la table et tous ceux de sa réserve. Tierson cherchait dans l'atelier, trouvait des tubes traînant un peu partout, mal bouchés, perdant leur contenu. Il les lui jetait, elle les attrapait à la volée et les vidait dans la cuvette. Il lui envoya un tube de lait et un verre de moutarde, et le pain pour les moineaux, qui trempait dans un bol d'eau, un paquet de cigarettes et un flacon de nescafé, du beurre et du sucre roux cristallisé. Il était pris lui aussi par l'ivresse de la création. Il cherchait des éléments inédits. Il trouva du miel, du vernis à ongles et du dentifrice, éventra un vieux coussin pour en tirer le kapok.

Elle s'était déchaussée et dansait dans la cuvette une danse haletée malaxant la pâte cosmique qui giclait entre ses longs orteils maigres. Frappant dans ses mains, Tierson tournait autour d'elle en piétinant le même rythme. Son petit ventre au bas de l'abdomen tressautait comme de l'eau dans une poche à glace. Il fouilla dans son gousset, y trouva une boîte de cachous à la rose qu'il vida dans le creuset.

— Ça prend ! ça prend ! cria Suzanne. La toile, vite !

Il se précipita, empoigna le cadre et le présenta à genoux. Suzanne s'assit au bord de la table, souleva un pied qui fit un bruit de ventouse, racla avec l'autre le contenu de la cuvette, le versa sur la toile immaculée et l'étala des deux pieds. La matière était particulière, couleur de boue pétrolière battue avec de la suie et de la crème fraîche, mais d'une meilleure tenue, comme un dessus de moka à la margarine. Suzanne en avait jusqu'aux chevilles. Elle racla ses pieds l'un contre l'autre, fouilla de ses orteils entre ses orteils, spatula ces restes avec ses longs pouces plats, laissa pendre ses jambes sous la table et considéra son œuvre. Cela faisait un glacis épais avec des vagues, des dépressions et des crêtes. Quelque chose comme le chaos en train de s'émouvoir entre les ténèbres et l'obscurité. Elle fut satisfaite, puis douta. Il manquait quelque chose. Elle murmura, puis dit, puis cria :

— Une graine..., une graine ! UNE GRAINE ! Il me FAUT une GRAINE !

Elle regarda autour d'elle avec désespoir, puis sauta à bas de la table et courut vers le lavabo ébréché dans lequel un robinet gouttait sans fin sur une trace rouillée. A la place du savon il y avait un moulin à poivre. Elle s'en empara et revint en le dévissant. A chaque pas, ses pieds emportaient les mégots et les bouts d'allumettes. Elle jeta au loin les parties du moulin. Entre le pouce et l'index, elle tenait un grain de poivre, un seul, intact, bien sphériquement ridé. C'était du poivre gris. Elle enfonça son médius en pleine pâte, posa la graine au fond du trou et le combla d'un revers de paume.

— La Terre est une graine en train de germer ! C'est quelqu'un qui l'a dit. J'ai oublié son nom. C'est un génie[1]. La Terre est une graine en train de germer ! Colomb est la pointe de la tige qui ira fleurir dans les étoiles ! L'Univers est une courbe fermée ! Une courbe ! La courbe universelle qui contient toutes les courbes et toutes les droites ! Il me FAUT une COURBE !

De nouveau, ses yeux s'égaraient à la recherche d'elle ne savait quoi. Ce qu'il lui fallait était là près d'elle : la cuvette. Elle la saisit à deux mains par les bords, en présenta le fond sur le tableau que Tierson tenait par son entretoise, et appuya. Le fond de la cuvette s'enfonça de deux centimètres dans la pâte, un bourrelet monta vers ses flancs. Suzanne lâcha la cuvette qui resta collée, prit le tout des mains de Tierson, le posa sur la table et se recula pour le regarder.

La cuvette, la Courbe, engluée dans la Matière dont elle essaie de s'évader... Et la Matière issue de la Courbe qui en porte encore les traces totales dans ses entrailles pures... Et la Courbe issue de la Matière qui ne veut pas, qui ne peut pas la laisser devenir autonome... Oui, ça pouvait aller, il y avait ça et le reste, tout ce qu'on voulait. Tout. C'était ça, l'abstrait, ça n'avait pas de limites, c'était grand comme la pensée.

— Faut que ça sèche, dit-elle.

Tierson se relevait en se frottant les genoux.

Lui, le journaliste à scandales, sans cœur et sans foi, il était bouleversé. Il se moucha, s'essuya le front, essuya ses lunettes et s'essuya les yeux. Puis il n'eut plus rien à essuyer et se trouva désemparé.

— Maintenant...

1. Le génie, c'est moi. J'ai employé plusieurs fois cette formule au moment du lancement de *Spoutnik-I*. Elle ne semble pas avoir frappé les intelligences moyennes.

Il se racla la gorge

— Maintenant, je comprends la peinture, dit-il.

— Y a rien à comprendre, dit Suzanne. Faut sentir.

Il ne poursuivit pas plus loin la discussion. Il redevint l'homme de métier. Il avait déniché cette sœur de Colomb que tout le monde ignorait. C'était déjà une bonne matière. Mais il espérait surtout en tirer quelques tuyaux sur sa belle-sœur. Il était sûr que la femme de Colomb n'était pas au mont Ventoux. Il était sûr qu'elle était le centre d'un mystère, un mystère bien gras, bien riche, plein de ces odeurs qui montent d'entre les lignes jusqu'aux narines des lectrices et les font pâlir d'émoi.

Suzanne, assise au bord de son divan avachi, était en train de se nettoyer les pieds avec une chemise d'homme. Le chat jaune entra par le trou du carreau et vint se frotter contre elle, sa queue en Z s'agitant en mouvements saccadés. Il n'était d'ailleurs plus très jaune. Elle s'essuyait souvent les doigts sur lui. Il devenait de jour en jour moins figuratif.

Tierson attaqua avec la question qu'il avait déjà posée avant la création du tableau.

— Vous fréquentez beaucoup votre belle-sœur ?

— Marthe ? On se voit jamais...

Elle le regarda et sembla le découvrir.

— Mais, au fait, qui êtes-vous ?

Elle enfonçait ses pieds dans des chaussettes de laine marron. La chaussette droite avait un trou à la pointe. Elle la tira un peu en avant et la rabattit sous ses orteils avant d'enfiler ses chaussures d'artilleur.

Il se présenta et dit son métier. Elle pensa naturellement qu'il venait pour sa peinture. Elle lui montra tout. Cinq ans de productions en tas le long des murs. Elle lui fit manger du camembert et boire du vin rouge, et le soir le garda dans son lit.

Il se réveilla dans une aube verdâtre. Il suffoquait. Il eut un geste de noyé pour repousser ce poids qui l'entraînait vers les profondeurs. C'était le chat presque abstrait qui dormait sur sa poitrine. La bête horrible cracha et lui planta cinq griffes dans le dos de la main. Tierson hurla et se secoua. La bête disparut par le trou du carreau, sa queue comme un éclair dessiné au crayon jaune par un écolier.

Tierson chercha en vain ses lunettes sous le traversin. En tâtonnant, il se rendit compte qu'il était seul dans le lit. Il appela Suzanne. Elle répondit. Elle rentrait. Elle rapportait une flûte et une canette, avec des tranches de saucisson dans un papier transparent. Elle lui retrouva ses lunettes sous le lit et lui servit un grand verre de bière. Il avait l'haleine putride et les reins moulus. La bière lui ballonna l'estomac. Le saucisson avait un goût de fraise. C'étaient les inconvénients du métier. Il l'avait décidée dans la nuit à venir avec lui à Creuzier. La police laisserait certainement passer la sœur de Colomb. Elle ne comprenait pas pourquoi il s'intéressait à Marthe, une femme sans goût, sans intelligence, sans tempérament. Un veau. Une brave fille d'ailleurs, et qui aimait bien son mari. Elle voulut se recoucher. Il se leva aussitôt. Il se souvenait des ébats. Au double point de vue du contact et de l'émotion, il lui avait semblé faire l'amour avec une échelle de deux étages. C'était une expérience curieuse, mais à renouveler le moins possible.

Ils partirent vers midi, dans la 2 CV de Suzanne. Elle l'avait bourrée de toiles. Elle voulait profiter de son séjour à la campagne pour travailler sur le motif.

La bulle n'est plus qu'à quelques microns de l'horizontale. Colomb est très calme. Il comprend maintenant l'utilité du programme préparatoire et apprécie l'efficacité de son équipement. Il lui suffit de couper la T.V. pour oublier qu'il est dans l'espace. Il se trouve alors aussi protégé que dans son logement du mont Ventoux. Il n'entend pas les moteurs, il ne voit pas le vide, il ne mesure pas l'éloignement de la Terre. La mousse blême dans laquelle s'enfoncent les câbles de ses instruments absorbe l'infini qui l'entoure, et le confine en un lieu précis de l'espace. Son habitat, son œuf. Chez lui. Avec la voix familière d'Yves Rameau, et la bonne chaleur de son propre corps. Ses bras repliés protègent sa poitrine. Ses jarrets reposent sur la mousse. La constante accélération lui confère une pesanteur juste agréable. Il se sent assis dans un nuage. Quand la voix d'Yr se tait, il entend les bruits familiers de son univers clos : les ronronnements, les frôlements, les cliquetis d'insectes de ses instruments, le clapet du détendeur d'oxygène, le long souffle de l'air dans ses narines. Tout cela compose autour de lui une rumeur vivante, que scande le battement calme de son cœur. Et le battement de ce cœur lui semble extérieur à lui-même. C'est le bruit vivant d'un corps autour de lui, un corps bien clos, rassurant, qui a pour mission de le nourrir, de le porter, de le protéger contre le monde entier.

Son propre corps, entraîné par les séances d'hibernation à une immobilité végétative, séparé des stimuli extérieurs par le capiton de mousse, son corps déjà si léger sur la Terre, lui semble absent de lui-même, gommé par la pesanteur presque nulle. Toute sa vie est dans sa tête. Il est pensée, attention, réflexe, intelligence. Désincarné. Le casque où peut pivoter sa tête est un écran sphérique de T.V., percé par les tubes et les cadrans. Quand la T.V. s'allume, l'image apparaît en profondeur, sans limites. Il a fermé la T.V. Il regarde l'écran central. La bulle devient tangente à l'horizontale.

Dans le labo de l'hémidisque, Yr jette sa cigarette et appelle :

— Attention petit frère, ça approche.

— Ça approche, dit la voix de Colomb.

— Ça va là-haut ? T'as rencontré personne ?

— Il n'y a pas foule, dit Colomb.

— Attention, je vais t'envoyer l'image.

— Envoie l'image.

— Envoyée...

— J'ai l'image.

— A toi de jouer, petit frère. Sois calme, tout va bien. Je me tais.

La Lune est là, devant lui. La Lune vraie, la Lune fausse, cela n'a pas d'importance. La Lune où il va. Avec le point rouge, fixe, au milieu du disque pâle. C'est le lieu où il va arriver. Où est le point vert ? Il cherche le point vert en dehors de la Lune. Il ne le trouve pas. Coup au cœur. A gauche, à droite, au-dessus, au-dessous. Pas de point vert. Panne de l'indicateur de position.

Dans le labo de l'hémidisque, le bruit du cœur de Colomb. 90, CENT VINGT !

— Qu'est-ce qu'il fait ? Qu'est-ce qu'il a ?

Tous agglomérés devant le tableau central. Tous les regards sautant d'un cadran à l'autre. Tout va bien pourtant. Qu'est-ce qui lui arrive, là-haut ?

Le cœur : cent, *cent quarante,* cent, *cent vingt.*

— Il s'affole.

— Il faut lui parler.

— Non !

— Il est en train de paniquer ! Quelques mots...

— NON ! hurle Yr.

Puis très froid, très vite :

— Taisez-vous ! Regardez tout ! Pensez ! Qu'est-ce qui ne va pas ? Cherchez ! cherchez ! cherchez !

Tous les regards, d'un cadran à l'autre. Qu'est-ce qui ne va pas ? Tout est normal, tout est comme prévu.

Le cœur. Arrêt ! Repart cent vingt. Se calme, se calme, se calme...

Le point vert !... Il est là !... Je suis stupide. Il faudra que je leur dise : à l'entraînement on avait toujours prévu le point vert hors de la Lune. Pessimistes. Il est déjà *sur* la Lune, presque au centre. Vitesse et direction presque idéales. Prévoir ça aussi à l'entraînement. Pré-

Il retrouve sa tranquillité, sa certitude. Calmement, il se met à piloter la fusée. Au lieu de bouger seulement la main gauche qui tient la poignée de commande, il l'accompagne du buste à droite, à gauche, en avant, en arrière. Il est lui-même le manche à balai. Il est lui-même la fusée qui cherche son chemin parfait. Facile et simple. Le point vert bouge sans à-coups. Il lui fait

faire le tour du point rouge, le stabilise, le fait repartir.

C'est mieux qu'à l'entraînement. Beaucoup mieux, plus sûr. Maintenant. Il faut y aller. Son buste oscille, roule un peu. Instinctif, parfait comme le mouvement d'une truite face au courant. Le confetti vert entame le rouge, le pénètre, le recouvre. Le vert efface le rouge. Le rouge efface le vert. Il n'y a plus rien au centre de la Lune. Le réflexe du geste mille fois répété crispe sa main droite, écrase le bouton.

Comme un marteau sur une cloche d'argent. Un son, un seul, pur, dans le labo. Toutes les aiguilles retombent vers zéro. L'écran de fuite s'allume. Une grande spirale en coquille d'escargot est dessinée à sa surface. C'est la trajectoire préfabriquée de la fusée. Un point brille à l'endroit exact, bien sur la ligne, à l'endroit précis où la ligne spirale s'élargit, devient une courbe de moins en moins courbe pour aller disparaître hors de l'écran.

— Il y est, murmure Yr. Il y est en plein !...

Il gueule :

— IL Y EST !

Il donne un grand coup de poing dans la poitrine de Gus qui se répand sur le carreau en riant. On jure, on crie, on rit, on se tape sur les cuisses. C'est fini pour l'équipe I. L'équipe II prend le relais, du labo du Ventoux. Elle n'aura d'ailleurs rien à faire, qu'à suivre le déplacement du point sur la courbe presque droite, et à surveiller les enregistrements.

Yr dicte un bref communiqué pour la presse, puis il va se coucher.

L'image de la Lune s'est effacée. L'image des cadrans s'estompe. Les bruits s'enfoncent dans du coton. Le bruit du cœur, doucement, plus rare. L'oxygène a apporté une odeur de lait chaud. Bonheur. Bien-être.

Le bois d'olivier craque dans la cheminée. Sur un trépied de fer noir, une casserole légère, à demi pleine de lait. Sous le trépied, des braises dont les yeux se voilent puis se rallument. Il appuie sa joue contre la jupe, entre les deux genoux. La belle voix, la chère voix, raconte la suite de l'histoire.

Alors la nuit venue (dans son jardin) le rosier de la Reine et la pipe du Roi se mariaient (dans son jardin) et ils avaient un enfant qui était une boîte d'allumettes. Chaque allumette était fine comme un cheveu et sur le couvercle il y avait (dans son jardin) l'image d'un doigt de la Princesse, avec l'ongle de nacre qui brillait.

Un matin, la Princesse éprouva une grande surprise : sa poitrine, qui était plate comme une assiette de lait, se mit à gonfler à gauche et à droite.

Elle pensa d'abord que c'était le mal aux dents. Comme elle l'avait vu au grand vizir, qui était resté trois jours avec une joue grosse comme un pamplemousse. Mais elle n'avait pas de dent en cet endroit du corps. Et elle n'avait mal nulle part...

Elle pensa ensuite que ce pouvait être piqûres de frelons ou de moustiques, comme elle l'avait vu au commandant des écuries, qui était resté deux jours avec des doigts comme des boudins, après une partie de pêche. Mais aucun insecte n'avait le droit de piquer la Princesse...

Alors, elle pensa que quoi que ce fût, cela s'en irait au bout de deux jours ou au bout de trois jours.

Mais cela ne s'en alla point, au contraire, et à la fin de la semaine, elle avait sur la poitrine deux fruits blancs et roses qui n'avaient pas l'air d'une maladie et qu'elle touchait du bout des doigts avec un peu d'inquiétude et beaucoup de douceur.

Et puis, brusquement, elle en éprouva une grande joie, et

elle courut dans les jardins en ouvrant son corsage. Et elle les montrait aux oiseaux, aux fleurs, au soleil, en disant :

— Regardez ! Regardez ce qui m'arrive ! Est-ce beau ?

Et les fleurs, les oiseaux et le soleil ne savaient que répondre. Car ils n'en ont point.

Alors, elle fut trouver sa nourrice et les lui montra.

— Regardez ce qui m'arrive, dit-elle. Qu'est-ce donc ?

— Ce sont vos seins, dit la nourrice. Ce qui vous arrive est très ordinaire. Regardez, j'en ai aussi.

Et elle lui montra les siens. Mais la Princesse ne vit rien de commun entre ce qui fleurissait sur sa poitrine et ce qui pendait à l'autre.

Alors, elle s'en fut trouver son père et sa mère et les leur montra.

— Regardez ce qui m'arrive, dit-elle. A quoi servent-ils ?

— Ma chérie, ma chérie, dit la Reine, émue, ils te serviront à nourrir tes enfants chéris. En temps voulu, ils se gonfleront de lait et les chers petits le suceront de leurs lèvres roses.

— Ne laisse jamais ces goulus s'approcher de ces fleurs, dit son père. Ils les dévasteraient. Il existe aujourd'hui du lait condensé sucré qui est une parfaite confiture pour nourrir les enfants. Je te recommande celui qui vient de Suisse. Garde tes seins à l'usage exclusif de l'homme qui t'aimera. Ils sont faits pour son plaisir et pour le tien. L'homme aime caresser les seins de la femme qu'il aime, car, lui, il n'en a point.

Il écarta sa barbe et son pourpoint, et lui montra sa poitrine, qui était plate, rude et velue. Puis il lui chanta un poème de la IIIe dynastie intitulé :

A LA BIEN-AIMÉE

Tes yeux sont le ciel
Tes cheveux sont le vent

Ta bouche est l'ombre sur la source
Ta tête contre moi est un oiseau qui s'endort
Tes seins sont des abeilles qui se plantent dans mon cœur
Tes mains sont une chanson qu'un berger chante le matin
Ton ventre est une écharpe de soie
La fleur douce de l'amour est le piège et le poison
Tes seins sont des abeilles qui se plantent dans mon cœur

Il voulut chanter la deuxième strophe, mais la Reine rougit et l'en empêcha.

— Vous avez raison, dit-il, il faudrait trop d'explications, et il n'est point temps.

La Princesse rêvait. Elle entendait chanter dans sa tête la phrase comme un ruban dans un vent léger. « Tes seins sont des abeilles qui se plantent dans mon cœur. »

Alors elle rougit et referma son corsage. Et elle ne les montra plus à personne.

Colomb entre la Terre et la Lune. La 2 CV entre Paris et Creuzier. Dans la chambre close, l'amour entre l'émerveillement et la satiété. Marthe ne s'en rend pas compte, immergée couchée dans le fond avec tout cet amour au-dessus d'elle. Amour trop continuellement trop chaud. Il s'évapore. Le niveau est en train de baisser. Elle ne le voit pas.

Le garçon monte lentement vers son point de saturation. Il ne le sait pas. Il le saura tout d'un coup, quand il y parviendra. Et alors, il ne pourra plus la voir plus la sentir plus la toucher, plus la supporter une seconde.

Ils ne le savent pas ni l'un ni l'autre.

Un homme, il faut que ça respire.

Elle devrait lui faire prendre l'air, l'envoyer à mille kilomètres pour qu'il ait furieusement envie de revenir, lui montrer d'autres femmes pour qu'il la préfère, le tourner vers le monde pour qu'il se tourne vers elle. Mais elle ne sait pas. Elle est encore trop jeune. C'est son premier amant et presque son premier amour. Elle l'enclot, elle le couve, elle le gave, elle l'absorbe. Elle l'emplit par le haut et le vide par le bas. Dès qu'il ouvre les bras elle s'y met, et quand il les referme elle les ouvre. Elle ne peut pas imaginer qu'il puisse se lasser, car elle croit leurs joies pareilles, et la sienne est chaque fois entièrement nouvelle, et comblée.

Ce matin en ouvrant les yeux il a souri, car il entendait le merle siffler pour réveiller tous les oiseaux de la colline. C'était l'aube. Elle s'est levée, et derrière les volets fermés elle a fermé la fenêtre et tiré les rideaux. Elle ne veut pas qu'il entende le merle, elle ne veut pas qu'il sache que c'est l'aube. Elle ne veut pas qu'il y ait pour lui autre chose que l'amour. Lui dans elle et elle autour de lui. S'il se souvient du monde, il va vouloir y retourner, il va la quitter, elle va le perdre. Ce sera un vide plus vide que la mort.

Elle est maladroite.

La 2 CV se traîne sur les routes. C'est un modèle comme on n'en fait plus, une danseuse populaire qui fut dans sa jeunesse très légère sur les pointes, mais dont les articulations se sont sclérosées. Elle a déjà été renouvelée entièrement presque trois fois, morceau par morceau, mais c'est fini, on ne trouve plus de pièces détachées. Maintenant, il faudra qu'elle aille jusqu'au bout de ses ressources sans espoir de prothèse. Elle va, elle va, elle est pleine de bonne volonté, comme un vieil âne qui a porté et portéra le bédouin jusqu'à son dernier pas. Seulement les pas se font petits pas. Dans les côtes, la 2 CV monte à quinze à l'heure. Suzanne choisit les routes peu fréquentées, pour ne pas gêner la circulation générale de la France. Elle a roulé la capote rapiécée. Le soleil baigne les toiles vierges qui dépassent, et la tête aussi de Suzanne qui dépasse, vingt centimètres au-dessus du crâne de Tierson. Ils ont tout le temps de regarder le paysage. Ils voient des arbres, des villages, de l'herbe avec des animaux dessus. Ils s'étonnent que cela puisse encore exister. Ils se sentent audacieux comme des explorateurs du XIXe siècle s'enfonçant dans un territoire papou.

Suzanne s'arrête sous un pommier en bordure pour laisser respirer la machine. Ils la calent avec une grosse pierre, dévalent un talus et s'asseyent parmi les fleurettes. Un bruit furtif se glisse entre eux. C'est le chat encore-un-peu-jaune qui trouvant l'atelier vide, les a rejoints.

Suzanne a retroussé sa jupe-sac pour s'asseoir à l'aise. Des feuilles d'herbe, fraîches, un peu raides, chatouillent la peau rêche de ses cuisses. Elle ne sait pourquoi, elle sent ses jointures qui s'amollissent. Elle se laisse aller sur le côté, la tête dans sa main, son coude enfoncé dans la terre, et se trouve face à face avec une marguerite...

Elles se regardent.

La marguerite la trouve très bien. Tout est très bien pour une marguerite...

Suzanne n'en a jamais vu une plantée vivante dans son pré. Elle ne connaît que les fleurs en vase. Elle regarde la marguerite avec une attention stupéfaite. Comme elle est simple et compliquée, diverse et précise...

La marguerite la regarde de son œil jaune, tranquille. Suzanne s'aperçoit que cet œil est une foule dressée, une foule d'or. Et les cils blancs sont des trompettes de marbre. Ce n'est qu'une fleur très ordinaire, un miracle. Suzanne casse une lame d'herbe et la regarde. Encore un miracle. Cette forme, cet élan parfait, cette couleur, et dans cette minceur translucide, cette usine compliquée qui fait de la lumière une nourriture.

Suzanne est troublée. Elle regarde de nouveau la marguerite. Elle la trouve parfaite. La marguerite est comme elle doit être, et elle ne pourrait être autrement.

Suzanne alors se demande l'art qu'est-ce que c'est... Celui qui copie la nature est impuissant, celui qui l'interprète est ridicule, celui qui l'ignore n'est rien du tout. Il faudrait... Il faudrait *être* la marguerite.

— ÊTRE la marguerite ! crie Suzanne.

Tierson qui dormait entouré d'herbe saute sur ses pieds, épouvanté. Où sont les Papous ? Il cherche du regard sa fidèle winchester.

— On est rien du tout ! On est de la merde ! crie Suzanne.

Elle est remontée près de la 2 CV, elle empoigne une à une les toiles en expectative et les lance dans le pré, planeurs tournoyants. Elles s'y abattent en taches blanches comme une lessive étendue. Tierson baissant la tête sous les trajectoires rejoint Suzanne-dans-sa-fureur, essuie ses lunettes et la regarde. Avec étonnement, comme elle regardait la marguerite. Il ne comprend pas, il s'étonne, il admire cette fraîcheur de sentiments, cette colère désintéressée. Il essuie ses lunettes.

Le chat qui vient de manger une sauterelle se roule de volupté sur une herbe grasse qui sent la punaise. Il devient presque vert. La 2 CV repart. Le chat la rejoint et saute dedans, la queue en manivelle.

La 2 CV cahin-caha, par grands et petits chemins, virage-à-gauche virage-à-droite, bifurcations, arrêts, départs, grand-peine en côte, accélération gambadante en descente vent arrière, la 2 CV et ses trois occupants avancent peu à peu sur un itinéraire Paris-Creuzier qui, si on le dessinait, ressemblerait à la trace laissée sur le papier par une mouche à qui on a trempé le cul dans l'encre.

Colomb dans l'œuf glisse vers la Lune, en accélération continue le long d'une courbe parfaite à peine courbe, qui aboutit à un point vide du ciel noir. La Lune passera par ce point au jour, à l'instant calculés par l'équipe du mont Ventoux. Colomb y passera en même temps. L'un se posera sur l'autre et s'éveillera. Pour le moment, la Lune est ailleurs quelque part dans le ciel Dieu sait où, et Colomb dans son œuf dort. Mais l'équipe du Ventoux s'inquiète depuis une semaine. Le grand arbre noir s'enfonce dans le noir du ciel à la vitesse prévue, poussé par la fusée à laquelle il transmet l'énergie du soleil absorbée par ses millions de feuilles noires. Il est noir dans le noir et aucun œil humain s'il s'en trouvait en ces espaces ne pourrait deviner sa présence fugitive, car il reçoit la lumière du soleil mais la garde. Au derrière de la fusée, rien que ces quatre feux roses très pâles, carré d'étoiles en mouvement sur le fond des étoiles fixes peintes sur le ciel noir. Noir noir noir, il fait noir là-haut, le soleil est un hublot de lumière dans le noir, et les étoiles brillent sans frémir, fixes, figées dans le noir. La Terre est un grand tapis blême, vaseux, découpé en croissant et posé sur le noir, il fait noir. Colomb n'en sait rien, Colomb dort, Colomb rêve dans l'oeuf. Son rêve est de plus en plus lent.

Alors l'Empereur...pereur...pereur...

Il a mis deux jours pour parvenir au mot suivant, qui est le nom de l'Empereur de la République, le grand Haroun al-Raschid immortel bien connu.

Har roun...roun...

Et à la fin de la semaine, il en était toujours à roun.

Au poste central du Ventoux c'est la consternation. La trajectoire de l'œuf-arbre-fusée suit parfaitement dans l'espace et dans le temps la courbe pré-calculée, mais Colomb est en train de rester en route. Son cœur qui devrait battre une fois par minute ne bat plus que cinq fois par heure et continue de se ralentir. Le microthermomètre émetteur incrusté dans la muqueuse de son estomac envoie les données d'un graphique qui devrait être constitué essentiellement d'un tremblotis horizontal indiquant une température interne constante. Or, le tremblotis s'incline vers le bas, s'approche du zéro centigrade, l'atteint...

...roun.

Le rêve s'est arrêté sur cette syllabe. Elle emplit immobile et silencieuse l'inconscience de Colomb. Ce n'est ni un son, ni une représentation visuelle, ni un morceau d'idée, ni une sensation ni une couleur, ni une lumière, ni le noir du ciel dans lequel s'enfonce l'arbre noir. C'est roun immobile et silencieux.

Le tremblotis a franchi le zéro et continue de descendre. Yr, Gus, et Lo le biologiste, sont plongés dans le dossier de Nilmore, le dix-huitième. Il n'y a pas de doute, c'est le même processus qui vient de s'amorcer chez Colomb : il tombe vers le zéro absolu. A chaque instant, sa chute s'accélère. Il aura atteint le fond du froid avant d'atteindre la Lune.

Et du fond de ce froid, tout ce qu'on a fait depuis trois mois pour tirer l'infortuné Nilmore a complètement échoué.

Lo frappe du poing lentement le bureau capitonné.

— Qu'est-ce qui nous prouve qu'ils l'ont fait ? demande-t-il à voix basse.

Yr. — Qu'ils ont fait quoi ?

Gus. — Qui, ils ?

Lo. — Les types du froid ! Pour une fois qu'ils ont leur zéro absolu, vous croyez qu'ils vont se creuser la cervelle pour le détruire ? Ils le gardent au fond, les salauds, ils le font exprès.

Et il ajoute avec objectivité :

— Moi à leur place j'en ferais autant.

Nilmore est nu, bien allongé, les bras le long du corps, les jambes écartées. Faute d'oser le couper en tranches, les chercheurs lui ont passé avec précautions un chiffon sur le crâne, le visage et le corps et ont recueilli une poussière d'or : ses cheveux, ses sourcils, sa moustache et ses poils, tombés en poudre au contact de l'étoffe. Il était blond et rose, il est nu et blanc. On lui a relié les oreilles par un câble de mercure gelé et les deux gros orteils par un autre. Ainsi constitué en circuit fermé, il a reçu une injection de courant continu qui depuis tourne en lui sans diminuer d'intensité. Il est devenu supraconducteur.

Au moment où Yr et ses deux adjoints pénètrent dans la salle du Froid, tous les membres de l'équipe sont penchés sur des instruments et des appareils variés, soumettant les cheveux en poudre à tous les tests connus et à de nouveaux qu'ils inventent. Chaque grain de poil, malgré l'atmosphère ambiante, reste d'ailleurs à la même température que le corps auquel il a été enlevé. C'est un phénomène inexplicable. Mais *tout* est inexplicable, même deux fois-deux-quatre et la fonte des neiges et le caillou qui tombe.

Yr, Gus et Lo se dirigent vers le centre de la salle, où

s'ouvre la margelle de verre du puits isotherme : c'est une paroi cylindrique de deux mètres quarante-cinq de diamètre intérieur, haute à ceinture d'homme. Le chef de l'équipe du Froid, Jules Paulin, Ju. P., Jup comme on dit au Ventoux, est penché sur la margelle et regarde vers le bas. Yr, Gus et Lo le rejoignent, se penchent sur la margelle de verre et regardent vers le bas. Nilmore est là, à six mètres au-dessous du plancher de mousse, au fond du puits de verre, comme une larve de hanneton dans une éprouvette. Mais il ne touche pas la paroi inférieure. Il n'est posé sur rien, il flotte sur un champ magnétique. Nu et blanc, les yeux clos, bien horizontal, baignant dans une pâle lumière, il flotte sur une force immatérielle et pivote doucement, dans un sens, dans l'autre, en lentes oscillations autour de son sexe dressé, axe blême immobile. Le sexe s'est érigé quand le corps de Nilmore a atteint dans sa descente vers le zéro absolu la température lambda de l'hélium, soit deux cent soixante-dix degrés virgule quatre-vingt-seize au-dessous du zéro centigrade. Et il s'est dressé à la verticale, alors que dans sa nature il devrait être oblique. Encore deux phénomènes inexplicables.

Jup saisit une longue pince et se penche vers un creuset électrique dans lequel mijotent une douzaine de billes d'acier. Elles sont au rouge-blanc. Il en saisit une, la porte au-dessus du puits, ouvre la pince. Yr, Gus et Lo, étonnés et intéressés, regardent. La bille tombe sur le ventre de Nilmore, y pénètre comme dans un nuage, sans choc, sans contact, sans laisser de trace. Elle continue sa chute à l'endroit où se trouve Nilmore comme s'il n'y avait rien en ce lieu de l'espace. Et Yr, Gus et Lo saisis, s'attendent à l'entendre heurter le fond du puits. Mais il n'y a pas de choc, pas de son, il n'y a rien. La bille est entrée dans Nilmore comme s'il n'était pas là, et elle n'en est pas ressortie.

Jup regarde ses trois collègues interdits.

— C'est la trois cent unième, dit-il avec un peu de lassitude. Trois cent une billes d'acier portées à des températures diverses sont entrées dans son corps et n'en sont pas ressorties. Et vous n'avez pas vu le plus étonnant. Regardez.

Il appuie sur un bouton. Il y a un léger ronronnement et au plafond un écran translucide s'allume. Il reçoit l'image de Nilmore traversé par les rayons X. On voit nettement son squelette et la silhouette vague de ses chairs. Mais de billes d'acier, point. Les trois cent une billes d'acier sont entrées dans son corps, n'en sont pas ressorties et ne sont pas à l'intérieur. Lo, le biologiste, se ressaisit le premier.

— Il les a digérées, dit-il. Ce n'est pas tellement extraordinaire. Au microscope, on en voit bien d'autres. Une amibe ça avale tout. Ce type est à zéro. Il n'est plus homme, il n'est plus animal, il est moins que minéral. C'est un organisme au-dessous des éléments. Ça serait passionnant de l'observer mais nous n'avons pas le temps.

— Qu'est-ce que tu as fait pour essayer de le tirer de là ? demande Yr à Jup.

Il a tout essayé, loyalement. Il leur en montre les preuves. Il a d'abord tenté les enveloppements, les chocs électriques, l'insufflation d'air chaud, les bains d'huile chaude, puis il l'a carrément mis à bouillir, il l'a laissé trois heures dans un four à cuire la céramique. Nilmore a traversé toutes ces épreuves inchangé, incorruptible et de plus en plus froid. Alors Jup a renoncé et l'a mis dans le puits. Il était à ce moment-là à — 267. En quatre semaines, il a atteint — 273°15, c'est-à-dire le zéro absolu. Enfin presque...

— Comment, presque ? demande Gus, je croyais...

— Moi aussi, dit Jup. Et si nous en croyons nos instruments, il a effectivement atteint le fond des températures. Mais quand je le regarde...

Il se penche vers le fond du puits et regarde Nilmore.

Jup est un homme grand et mince, âgé de quarante et un ans. Son regard, sa peau et ses cheveux fins sont de la même couleur de noisette claire. Ses mains très longues sont posées sur le bord de la margelle et il regarde au fond du puits avec angoisse. Les rides profondes qui encadrent sa bouche, ses joues creuses, disent les scrupules de son intelligence. Ce n'est pas un homme qui se satisfait des apparences.

— Quand je le regarde, dit-il, je ne crois plus les instruments. Nous n'avons pas d'instrument assez subtil pour mesurer des milliardièmes de degré. Je crois profondément qu'il est séparé du zéro absolu par quelque chose de cet ordre-là, peut-être moins encore, un milliardième de milliardième de degré. Regardez-le : vous le voyez... Je le regarde et je le vois... S'il avait atteint le zéro absolu, je pense que personne ne pourrait plus le voir... Le zéro absolu, c'est l'absence totale de mouvement au sein de la matière. Or, la matière, c'est de l'énergie en mouvement. S'il n'y a plus de mouvement...

Yr a compris.

— S'il n'y a plus de mouvement, dit-il, ALORS IL N'Y A PLUS DE MATIÈRE.

— A sa place, dit Jup, il y aurait un trou, un trou dans l'univers. Et nous ne pouvons absolument pas imaginer ce qui se passerait. Peut-être le reste de l'Univers se précipiterait dans ce trou pour le combler, et tout l'univers n'y suffirait pas, car ce serait un trou *absolu*. Tout l'univers pourrait y passer...

— Merde ! dit Gus, épaté.
— C'est excitant ! dit Lo.
— Je crois, dit Jup, qu'il continue à descendre vers le zéro. Il ne l'atteindra peut-être jamais, mais s'il l'atteint...
Les quatre hommes se regardent. Jup soupire.
— Au point où nous en sommes, il n'y a plus de méthode scientifique. Il faut en revenir à l'empirisme, se fier au hasard. J'essaie de le retenir comme je peux, de le distraire...
Il a pris dans sa poche un paquet de cigarettes, en déchire en partie l'emballage et l'envoie dans le puits. Le paquet tourbillonne et les cigarettes s'éparpillent. Quelques-unes tombent autour de Nilmore et celles qui tombent sur lui s'enfoncent dans lui comme s'y est enfoncée la bille d'acier.
— Des gauloises, dit Jup. Je me suis renseigné sur ses goûts. Il ajoute :
— Il aimait les oiseaux...
Il soulève une cage d'osier dans laquelle une colombe dort, la tête repliée sur l'épaule gauche. Il prend l'oiseau et le jette dans le puits.
Surprise, la colombe s'éveille, essaie de remonter, mais le froid la saisit. Elle se débat comme blessée, tombe un peu de côté, étend ses ailes et freine pour se poser sur la poitrine de Nilmore. Elle ne se pose pas. Son corps d'abord disparaît dans Nilmore, puis ses ailes étendues, ensemble. Il y a, pendant un instant, sortant de la poitrine blanche de l'homme, la tête plus blanche de l'oiseau avec son œil rose étonné. Et puis plus rien.

Marthe se demandait, immobile, ouvrant l'œil à demi...

Non, pas d'œil à demi sous son voile, pas de faucille d'or, pas de Booz endormi. Celui qui dormait là près d'elle n'était pas un vieillard, c'était la jeunesse même.

Marthe se demandait quelle heure il pouvait être, et si c'était le jour ou si c'était la nuit. La montre du garçon, bracelet d'or, posée sur la table de chevet, marquait 9 h 52. Mais elle était arrêtée.

Marthe avait faim et parce qu'elle venait de dormir elle décida que c'était le matin. Sans se lever, elle mit en marche la cafetière et le grilleur de tartines. La chambre s'emplit d'un mélange de parfums qui fit frémir les narines du garçon. Dans son sommeil, il poussa un gémissement et se tourna sur le dos. Sur sa frêle poitrine Marthe posa sa tête. Elle entendit son cœur qui frappait des coups assourdis, comme au fond d'une caverne la nuit.

Une des mains du garçon se posa sur le flanc de Marthe, descendit doucement vers la hanche. Il rêvait qu'il caressait une vache. Il ne savait pas exactement ce que c'était une vache. Il en avait vu en image dans le dictionnaire. Il pensait que c'était gros comme un gros chien et que ça gambadait. Il savait que c'était la vache qui produisait le lait, sans pouvoir imaginer comment. Et rêver de vache en respirant l'odeur du café, cela voulait dire sans doute qu'il avait envie de café au lait. Marthe ne pouvait pas deviner. Elle sentit seulement la caresse, et la guida plus bas. Les tartines brûlèrent.

Il était toujours 9 h 52 à la montre d'or. S'il avait pu connaître la légèreté de Colomb dans son œuf, Luco se serait senti pareil à lui. Il était passé depuis des jours au-delà de la fatigue. Quand, à bout de joie, il se laissait glisser hors d'elle anéantie, il ne sentait plus son propre corps se poser sur le lit. Il lui semblait rester quelque part suspendu dans des régions de tiédeur fraîche où la chair n'a plus de poids, plus de besoins, plus de fonctions, corps-nuage, mains-plumes, et l'intérieur de la tête comme une lumière.

Mais au bout de quelques minutes, la faim lui rendit son poids. Il se souleva sur un coude et regarda Marthe. Elle n'était pas encore revenue à elle. Chaque muscle de son corps, chaque fibre minuscule était complètement relaxée. Elle reposait totalement. Son corps était comme de l'eau, ses nerfs débranchés et son cerveau vide. Elle respirait à peine, très peu, du bout des poumons.

Il lui fut reconnaissant d'être allée aussi loin et se pencha pour poser ses lèvres sur le bout d'un sein détendu, froid de sueur évaporée. Elle ne sentit rien. Ses yeux étaient clos. Il se leva et regarda sa montre. 9 h 52. A cause de son appétit, il décida que c'était le soir et qu'il n'avait rien mangé de la journée. Le café était froid. Il reposa la cafetière avec une grimace, chercha des yeux quelque nourriture et ne trouva que des miettes. Il ne savait pas où était la cuisine. Mais une cuisine, ce n'est pas une épingle...

La porte de la chambre était fermée à clef. Il trouva

la clef sous le lit, roulée dans un mouchoir enfoncé dans la babouche. Il n'avait pas vu Marthe l'y mettre. Il y alla tout droit. Les prisonniers ont un instinct pour trouver les clefs. Pourtant, il ne savait pas encore qu'il était prisonnier.

La respiration de Marthe était devenue profonde et lente. Elle dormait. Il sortit de la chambre et fut surpris par la lumière du jour. Il suffoqua un peu, comme un plongeur qui a remonté trop vite. A travers la porte du salon restée ouverte, il voyait les persiennes vénitiennes baissées ourlées de soleil à toutes leurs jointures. Il lui vint une envie violente de voir quelque chose du dehors. Il se rendit compte tout à coup qu'il n'était pas sorti de la chambre depuis... Depuis combien de temps ? Trois ans, trois mois, trois jours ? Une éternité. Ça ne se mesurait pas.

Il alla droit aux persiennes et tira le cordon. Cela fit le bruit de plusieurs pigeons qui s'envolent, et le soleil entra à flots. Luco eut un grand sourire blanc et leva les bras pour gonfler sa poitrine. De l'autre côté de la glace, il y avait le monde, la pelouse, la rocaille, la pente verte de la colline, et la colline d'en face qui remontait, avec ses chemins et ses haies. Tout était vert, d'un vert qu'il avait oublié, avec un ciel bleu, tout simple, par-dessus. L'herbe de la pelouse avait monté, noyant le chat de faïence blanche et les nains en couleurs. Et devant lui, presque au ras de la glace, une femme debout, enfoncée dans l'herbe jusqu'aux genoux, le regardait. C'était Suzanne. Elle le regardait avec étonnement. Il se demandait pourquoi. Il y avait si longtemps qu'il ne s'était pas habillé qu'il avait oublié qu'il était nu.

Une brusque panique réveilla Marthe. Une suffocation, cœur arrêté. Avant d'avoir ouvert les yeux, elle était certaine qu'il était parti, qu'il l'avait quittée, à jamais. Quand on se noie on le *sait,* il n'y a pas besoin de raisonnement. Elle sauta du lit, vit la porte ouverte, courut, prête à crier à la mort.

Elle le vit. Il était là. Son cœur revint dans sa poitrine. Elle se jeta sur lui, le prit dans ses bras, se laissa glisser à genoux, la tête contre son ventre, et se mit à sangloter de peur et de joie.

— Ma chérie ? ma chérie ? Qu'est-ce qu'il y a ?

Il s'agenouilla, l'embrassa, la berça. Elle ne pouvait pas parler et il ne comprenait pas ce qu'elle avait.

Suzanne se demandait comment tant de peintres avaient pu s'intéresser à des nus Ce couple blanc à genoux sur le tapis lui paraissait laid. Elle avait toujours pensé qu'un homme ou une femme, sans vêtements, avait l'air d'un poulet plumé. Elle cogna du poing à la porte de glace.

— Vous feriez mieux de me laisser entrer, dit-elle.

X 31 est le plus léger des X de la montagne. Comme tous les autres X, Gus le désigne par son numéro, qui est celui de son rang au concours d'entrée de Polytechnique. Gus a choisi cette appellation quand il s'est rendu compte qu'il était incapable de retenir les noms de ses trois cents compteurs. Gus n'a pas la mémoire des noms propres. Il prétend qu'un jour il oubliera même le sien. Mais celui de Colomb emplira sa mémoire à jamais.

C'est avec X 31 que Gus va essayer de sauver le voyageur de la Lune.

Yr a menacé des plus épouvantables représailles tous ses collaborateurs en groupe, si la moindre chuchotante fuite sur la situation de Colomb suintait hors du Ventoux. Tous au poteau, tout faire sauter. Menaces qui lui ont simplement permis d'oublier pendant quelques instants sa détresse, en la transformant en colère feinte. Personne n'a eu peur, bien sûr, mais personne ne parlera car tous les savants et techniciens du Départ et ceux de la Courbe partagent son anxiété. Colomb qu'ils ont envoyé dans le ciel, Colomb est leur enfant à tous, leur enfant perdu. Chacun donnerait la moitié de son sang pour le sauver. Mais emplirait-on la montagne creuse du sang de ses occupants, Colomb ne s'en porterait pas mieux.

En revenant du Froid, Yr n'avait plus, raisonnablement, de possibilité d'espoir. Mais l'espoir n'est pas raisonnable, et Yr est un homme de fer. Il a réuni les grands cerveaux et les techniciens habiles dans la salle de défoulement après en avoir fait voiler les Picasso afin de ne pas redoubler leur angoisse. Il a d'abord crié et menacé, il en avait besoin, puis il s'est essuyé le front, a demandé qu'on veuille bien l'excuser, et a supplié les savants et les techniciens de chercher et de trouver dans leur science ou leur habileté, une idée, un moyen, de sauver Colomb. Que le premier qui ait une idée la crie !

Les savants et les techniciens se sont assis sur les chaises ou sur la table d'acier ou ont marché sur la mousse, selon leur tempérament, pour mieux réfléchir. Mais ils se sont trouvés chacun devant la même situation, simple et terrible : Colomb est à deux cent mille kilomètres, on ne peut rien lui faire, et tout ce qu'on a fait à l'autre qui est ici au fond du puits, tout a échoué...

Yr attendait des idées, des cris. Un cri, un seul.

Silence.

Au bout d'une heure, il a fait rouvrir les portes. Ils sont sortis honteux, accablés. Lui aussi. C'est la nuit suivante que Gus a eu son idée. Il l'a exposée à Yr par téléphone. Et il a conclu :

— Il y aura des risques pour l'X. Je me demande si nous avons le droit...

— Nous avons tous les droits ! a répondu Yr. D'ailleurs, nous demanderons un volontaire.

— Non, a dit Gus. Pour que nous ayons une chance de réussir, il me faut un X qui ignore tout ! Je ne veux pas qu'il se fabrique une barrière mentale où je viendrai me casser le nez !

— Prends qui tu voudras, comme tu voudras, et tire-le de son lit ! On essaye tout de suite !...

— Non, a dit Gus. Ne t'énerve pas. Laisse-moi faire. Rejoins-moi aux fiches.

Ils ont compulsé ensemble les fiches des trois cents compteurs. Ils ont choisi ceux dont les caractéristiques physiques se rapprochaient le plus de celles de Colomb. Il y en avait dix-sept. Ils ont projeté les photos des dix-sept. Ils en ont éliminé douze. Des cinq restants, ils ont pris les trois plus légers. Parmi les trois, ils ont choisi le plus jeune. C'est X 31. Il a dix-huit ans. La température de Colomb est descendue à —63. On n'a plus entendu son cœur depuis la veille.

Tous les radiotélescopes du monde reçoivent les signaux émis par la fusée. Mais Yr a farouchement refusé, malgré les pressions politiques et militaires, de communiquer le code des signaux aux savants étrangers et même aux spécialistes français extérieurs au Ventoux. Il s'en féliciterait aujourd'hui s'il avait le cœur à se féliciter de quoi que ce fût. Ainsi, une centaine d'observatoires des deux hémisphères enregistrent des pointillés, des grafouillis, des bibib, des tutut et des sifflets que personne n'est en mesure de déchiffrer. C'est pour les archives.

Dans la villa de Creuzier, l'oreille de lapin reçoit les messages en clair, décodés par le Ventoux. Mais l'oreille est muette, interrupteur fermé, bouche close. Marthe, Suzanne et le garçon sont en train de casser la croûte dans la cuisine fonctionnelle. S'ils ouvraient d'ailleurs l'oreille et ouvraient les leurs, ils n'entendraient rien. Le drame qui se joue actuellement entre la fusée et le Ventoux est au-delà des ondes sonores.

X 31 ressemble à Colomb comme un jeune frère, avec tous ses cheveux et sa jeunesse, ses joues fraîches, ses yeux candides. Ses yeux sont bleus, c'est la seule différence. Yr a été frappé par la ressemblance. Il le regarde dormir et murmure

— Petit frère...

Gus met un doigt sur ses lèvres et fait signe à Yr de s'asseoir. Yr soupire, se frotte rudement la barbe du creux de la main et s'assied sur une chaise-mousse. Gus s'approche du fauteuil dans lequel 31 dort, détendu.

Cela se passe dans la chambre de Gus, un des milliers d'alvéoles d'habitation creusés à la curette dans la chair du Ventoux. Un cube mal dégrossi avec le plafond en coupole. Capitonné de bleu, moquette de mousse beige, sièges noirs et rouges. Une horreur. Gus s'en moque, il n'y est que pour dormir. Il aurait préféré opérer dans son laboratoire, mais Yr a refusé. Que l'expérience réussisse ou échoue, il ne veut pas que quiconque soit au courant.

31 repose au creux d'un fauteuil noir, ses cheveux clairs au ras du dossier, ses avant-bras bien reposés sur les accoudoirs. Ses mains pendent par-devant, ses

jambes sont allongées sur la moquette. Ses yeux bleus sont ouverts. Il dort.

Gus se penche vers lui et lui demande doucement :

— Tu dors ?

Il répond d'une voix paisible.

— Oui.

— Qui es-tu ?

— Christian Dejay.

— Qu'est-ce que ça signifie Christian Dejay ?

— Je ne sais pas.

— Tu ne sais pas, parce que ça ne signifie rien. Christian Dejay ce n'est rien. Tu comprends ?

— Oui, je comprends.

— Tu vas oublier Christian Dejay. Tu l'oublies.

— Je l'oublie...

— Tu n'es personne.

— Je ne suis personne...

— Ferme les yeux.

31 ferme les yeux. Gus prend sur une table un thermocautère à pile, appuie sur le bouton. La pointe de l'instrument rougit et vire au blanc. Gus, vivement, touche le dos de la main gauche de 31, puis sa joue. Il y a chaque fois un bref grésillement et une ligne de fumée qui monte. 31 ne tressaille pas. Il n'a rien senti. Gus jette le thermocautère sur le bureau et se tourne vers Yr.

— Il dort bien. On va commencer. Si tu es nerveux, va-t'en. Je ne veux pas t'entendre, pas un mot !

— Ça ira, dit Yr.

Gus se retourne vers 31. Debout devant le fauteuil, il domine le garçon endormi, de sa taille, de son poids, de sa volonté.

— Qui es-tu ? demande-t-il.

— Personne, dit 31.

Gus s'agenouille, prend les deux mains de l'X dans les siennes.

— Écoute-moi bien. Tout ce que je dis est vrai. Écoute-moi : tu n'es personne, tu n'es rien.

— Je ne suis rien.

— Tu n'es rien parce que tu es tout.

La respiration de 31 s'accélère. Il gémit un peu. Gus se relève rapidement, passe derrière le fauteuil et pose ses mains sur les yeux du garçon endormi.

— Je ne comprends pas, dit 31.

Sa voix a le ton d'une plainte.

— Calme-toi, tout va bien, tout va bien, tu es bien, tu es très bien.

31 se détend. Sa voix redevient calme :

— Je suis très bien dit-il.

— Écoute-moi dit Gus. Tout ce que je dis est vrai. Ne cherche pas à comprendre. Tu n'as pas besoin de comprendre, *tu es*. Écoute-moi : ce que je dis est la vérité. *Tu es tout.*

31 se tait. Sa respiration hésite, s'arrête, repart. Gus repasse devant le fauteuil.

— Ouvre les yeux, regarde-moi.

Les yeux bleus s'ouvrent et leur regard est déjà fixé sur les yeux noirs qui le regardent.

— Tout ce que je dis est vrai, dit Gus. Tu me crois.

— Je vous crois, dit 31.

— Ferme les yeux.

Les paupières se baissent.

Yr, penché en avant, les poings fermés, tend sa volonté pour aider Gus. Ou du moins le croit-il. En réalité, il n'est qu'un écorché de muscles crispés, presque tétanisés par un effort inutile. La volonté n'est pas une question de muscles. Gus est calme, très calme. Il recommence :

— Tu m'écoutes, je dis la vérité, tu le sais. Tu n'as

pas à comprendre. Tu es plus que comprendre. Tu *es*. Tu *es tout*. C'est la vérité. Tu le sais. *Tu sais. Tu es. Tu es tout.*

Gus se tait. Il y a un silence. La respiration de 31 s'est arrêtée. Gus lui dit calmement :

— Respire.

Une longue, longue et calme inspiration gonfle la poitrine de l'X. Il respire. Il ne bouge pas et pourtant il semble grandir, épaissir, peser sur le fauteuil. Il dit :

— Je suis tout.

C'est bien sa voix qui a parlé, et pourtant ce n'est pas la même. C'est une voix pleine d'une certitude incroyable. Il ne semble pas qu'aucun homme ait jamais eu la possibilité de parler d'une telle voix. Yr en est saisi. Il redresse lentement son buste penché en avant dans la direction du fauteuil, et ses poings se détendent. Gus est calme, très calme. Il dit :

— Tu es tout.

— Je suis tout.

— Tu es partout.

— Je suis partout.

— Tu es dans la fusée.

— Je suis dans la fusée.

— Tu es Colomb.

— Je suis Colomb.

Brusquement, le corps de 31 se courbe en avant, ses bras s'abattent en croix sur sa poitrine, ses genoux remontent à la hauteur de son ventre, et il se met à trembler et à claquer des dents. Ses articulations craquent de froid. Gus parle, autoritaire, calme, calme.

— Réchauffe-toi. Tu m'entends et tu obéis. Réchauffe-toi. Réchauffe-toi sinon tu vas mourir. Réchauffe-toi. Tu le peux et tu le veux. Tu es Colomb, tu m'entends et tu obéis. Réchauffe-toi. Réchauffe-toi.

Le corps de 31 ne bouge plus. Il est tombé en travers

dans le fauteuil trop grand. Il est raide comme une pierre. Un froid polaire sort de lui, envahit la chambre. Yr se lève, arrache une couverture du lit et la pose sur les épaules de Gus qui continue de parler, puis s'enveloppe lui-même dans une autre. La vapeur d'eau de leur respiration se transforme en neige devant leur visage. X ne respire plus. Gus continue :

— Tu es Colomb. Tu m'entends et tu m'obéis. Tu commences à te réchauffer. Tu te réchauffes doucement. Tu te réchauffes. Tu es Colomb et tu m'obéis.

Sur la table, près de la bouteille de scotch, le flacon d'eau minérale non débouché craque et pousse un doigt de glace vers le plafond.

— Tu te réchauffes, tu te réchauffes doucement. Pas trop vite. Pas trop vite... Tu te réchauffes...

Douze heures plus tard, les morceaux de la bouteille d'eau sont tombés sur la table, laissant debout un glaçon qui commence à fondre.

Gus chancelle. Il est à bout de forces. Il fait signe à Yr. A eux deux, ils portent sur le lit le garçon qui recommence à respirer.

Gus le couvre avec les deux couvertures, et se penche vers lui. Il lui parle avec tendresse.

— Tu m'as cru. Tu m'as obéi. Tu es tranquille. Tu es bien. Maintenant tu te reposes. Tu vas dormir d'un bon sommeil. *Tu n'es plus Colomb... Tu n'es plus tout... Tu es toi...* Tu vas bien dormir, bien te reposer. Tu es très bien...

Gus lui souffle sur les yeux. Le corps de 31 se détend lentement, ses joues se colorent. Gus lui prend le poignet, tâte le pouls et fait signe à Yr que tout va bien.

Alors les deux hommes se regardent, puis leurs

regards se tournent ensemble vers le même point : sur la table, au milieu d'une petite mare d'eau qui fait des bulles, le téléphone...

Yr s'approche et décroche. Quatre fois son index dans un trou du cadran : le numéro de la salle de la Courbe. Gus entend la voix nasillarde qui répond :

— Allô ?

— Allô, ici Yr.

La voix nasillarde lui coupe la parole et s'excite et crie : « Où êtes-vous patron ? On vous cherche partout : *il s'est réchauffé !* Il est à plus deux et il continue ! »

Yr raccroche, blême. Gus s'est laissé tomber dans le fauteuil encore glacé. Il mobilise ce qui lui reste d'énergie pour s'empêcher de se mettre à sangloter.

— Ce que tu as fait..., dit Yr. Ce que vous avez fait, toi et ce gosse... Quand il saura ce qu'il a fait...

Gus se lève péniblement.

— Jamais. Il ne saura jamais. Ça le tuerait. Tu n'en parles à personne et surtout pas à lui ! Quand il s'éveillera il ne se souviendra de rien. Je te le garde encore quelques jours au bain-marie, si jamais l'autre con là-haut recommençait...

Gus se laisse tomber sur le lit, s'allonge près de 31, ferme l'œil et s'endort.

Dans le noir entre les étoiles, l'arbre qui boit la lumière achève une lente giration. Maintenant, il suit la fusée au lieu de la précéder. Maintenant, les quatre feux roses très pâles au culot de la fusée sont tournés vers le point du ciel noir où viendra la Lune au rendez-vous. Ils freinent la fusée, ils freinent l'arbre qui leur donne la force. C'est le commencement de la fin du voyage.

Colomb a repris le fil de son rêve.

...roun... roun...

Trois jours plus tard :

...roun al-Raschid.

Alors, l'empereur Haroun al-Raschid, empereur de la République, rendit Christophe à ses mères, afin qu'elles lui apprissent l'amour. Christophe commença par la dernière chambre du dernier appartement tout en haut du Palais. Il y avait 7 chambres par appartement, 24 appartements par étage et 365 étages du haut en bas. Christophe avait une mère dans chacune des 61 320 chambres. Il visita toutes ses mères l'une après l'autre, et chacune lui fit connaître un des points sensibles du corps féminin, chacune un point différent, et quelle était la manière de l'émouvoir, car il en est certains qu'il faut caresser du petit doigt ou du pouce ou du médius ou de l'index, mais jamais-jamais de l'annulaire qui porte l'anneau et c'est pour cela qu'on met à ce doigt un anneau, pour rappeler à l'homme que ce doigt ne doit jamais-jamais servir à émouvoir le corps de la femme. Et il en est d'autres qu'il faut émouvoir de la bouche ou du souffle ou du regard ou de la parole, et d'autres que l'homme ne doit jamais-jamais effleurer, même de la pensée, s'il veut rester libre.

Le grand Empereur savait tout cela. C'est une des sciences que doit savoir un empereur, parmi beaucoup d'autres. C'est pourquoi tout le monde ne peut pas être empereur.

Quand Christophe arriva en bas du Palais, il savait aussi tout cela. Chacune de ses mères l'avait gardé une heure. Maintenant il avait l'âge d'être un homme, et il connaissait la science qui peut rendre une femme heureuse. Mais cette connaissance avait besoin d'être éprouvée, car il arrive souvent que ce qui doit faire en théorie le bonheur des femmes fait dans la réalité leur malheur. Il en est de même pour les hommes.

Alors l'Empereur fit appeler son Grand Vizir. C'était un homme souriant et sage qui se nommait Monsieur Gé. L'Empereur lui dit qu'il lui faisait l'honneur de lui demander sa fille pour la donner au Prince comme première épouse.

Le Grand Vizir s'inclina.

— Sire, je suis très honoré, dit-il, mais je n'ai pas d'enfant.

De l'autre côté de la forêt, la Princesse...

Suzanne rencontra Monsieur Gé en quittant la villa. Elle le connaissait déjà. C'était lui qui l'avait laissée passer à l'aller, en bas de la colline, et avait refoulé Tierson dans la 2 CV. Il attendait Suzanne à mi-chemin, dans l'allée serpentine bordée de petits buis rabougris qui ne se plaisaient pas dans cette terre trop riche. Il s'enquit de la santé de Mme Colomb et du garçon.

— Ah, vous êtes au courant ? dit Suzanne un peu surprise.

— C'est mon métier, dit Monsieur Gé, souriant.

— Eh bien, ils vont bien. Du moins je suppose. Ils sont un peu pâles.

— C'est le manque de lumière, dit Monsieur Gé. Ils vont se dévitaminer... Vous ne voulez pas vous asseoir un instant ?

Il lui montrait un banc de pierre faussement vétuste encadré par des buis jaunasses, au bord de l'ombre d'un marronnier. Il ajouta :

— Il fait bon. Octobre c'est la meilleure saison...

— J'ai pas l'habitude de m'asseoir à côté d'un flic, dit-elle. C'est pas que vous me soyez antipathique, mais on m'attend.

C'était un raisonnement plutôt décousu, et qui n'avait d'ailleurs pas l'intention d'être blessant. Monsieur Gé releva les pans de sa gabardine et se posa au bout du banc en disant :

— On ne vous attend plus. J'ai dû faire transporter M. Tierson à Cusset à l'Hôtel du Globe. Il est malade.

Étonnée, Suzanne s'assit à côté de l'officier de police en demandant des précisions.

— Une attaque de sciatique, dit Monsieur Gé, consécutive à quelques coups de pieds dans les reins... Il s'était caché derrière une haie, et s'apprêtait à photographier au téléobjectif la personne qui vous ouvrait la porte vitrée du salon... Il savait que c'était défendu. Il ne savait pas qu'il y avait des semelles derrière lui. J'en ai mis partout... Vous n'avez pas l'air tellement bouleversée. Vous ne criez pas au flic assassin ?

— Vous faites votre métier, il fait le sien. Chacun ses risques.

C'était vrai qu'elle trouvait cet homme plutôt sympathique. Et pas du tout révoltant que son compagnon de voyage eût été piétiné. C'est qu'elle sortait de la villa dans un état de désarroi qu'elle n'avait pas encore bien compris. Elle avait besoin de l'analyser, d'en parler avec quelqu'un d'intelligent. Et cet homme...

Elle le regarda. Elle demanda :

— Vous savez qui c'est, ce garçon, dans la villa ?

Il fit « oui » de la tête.

— Elle m'a même pas dit comment il s'appelle. Ils étaient à poil tous les deux. Blancs comme des endives. Il m'a ouvert et il a filé à la cuisine. Elle lui a couru derrière, elle me regardait même pas. Il avait pris un gigot dans le frigo et il s'y taillait un château. Elle lui disait : « Mon chéri, pourquoi es-tu sorti ? Tu vas prendre froid. » Il faisait au moins trente dans cette cuisine ! Elle lui collait des torchons sur les épaules, autour de la taille, vous savez ces torchons imprimés, avec des natures mortes, des arrosoirs, des poissons ? Il avait un coq dans le dos. Il s'en foutait, il mangeait. Au passage, il lui attrapait un sein, une fesse, il y faisait une bise, et puis il recommençait à se taper la cloche. Moi, comme si j'avais pas existé ! Ils me voyaient pas ! J'ai attrapé le gigot, un moment où il l'avait posé et je m'en suis taillé un peu, dans ce qui restait. Elle l'a fait boire, elle lui a essuyé la bouche, elle l'a poussé jusqu'à la chambre, ils se sont renfermés au verrou. Avant de sortir de la cuisine, il m'a regardée. Ça m'a fichu un coup. Vous avez vu ses yeux ?

— Je les connais, dit Monsieur Gé.

— Mais quand même, des yeux, des yeux et le reste, et même la jeunesse, ça explique pas tout. Qu'est-ce qui lui est arrivé ? Elle est folle ?

— C'est l'amour, dit Monsieur Gé.

— Oh ! l'amour, dit Suzanne, je sais ce que c'est...

— Non, dit Monsieur Gé.

Interdite, elle le regarda de nouveau, prit une gauloise dans le paquet qu'il lui tendait, l'alluma au briquet qu'il lui présentait, et dissimula un soupir sous un jet de fumée.

— Peut-être vous avez raison. Mais si c'est ça, j'aime mieux pas. Et je me demande à quoi ça sert...

— Vous le savez bien, dit Monsieur Gé. Elle ne le sait pas encore.

— Qu'est-ce qu'elle sait pas encore ?

— Elle est enceinte, dit Monsieur Gé.

Il alluma à son tour une cigarette. Suzanne ne s'étonnait pas qu'il sût cela avant celle qui aurait dû le savoir la première. En le regardant, elle admettait qu'il pût savoir cela, et bien d'autres choses.

— Elle commence à s'en douter, dit Monsieur Gé,

mais elle ne veut pas en être sûre. Elle confond les dates, exprès, elle ne veut pas savoir. Elle croit seulement qu'elle aime et que l'amour c'est l'amour et ça suffit. Elle est enceinte : c'est à ça que ça sert l'amour. S'il n'y avait pas ça il n'y aurait pas l'amour.

— Merde, un gosse de plus, dit Suzanne, à quoi ça sert ?

Monsieur Gé leva la tête et souffla la fumée vers les feuilles du marronnier.

— Je voudrais bien le savoir ! dit-il.

Il se tourna vers elle.

— Vous, si vous voulez en avoir un, il faut vous presser un peu. Vous n'avez plus beaucoup de temps...

— Un gosse, moi ?

Elle était ahurie. Elle n'avait jamais rien fait spécialement pour en avoir ou pas. Elle n'y avait jamais pensé.

— Et qu'est-ce que j'en ferais ?

Qu'est-ce qu'on fait d'un gosse ? Un gosse de plus. A quoi ça sert ? Un gosse. Un gosse. Il ne lui restait plus beaucoup de temps. Moche comme elle était, l'amour... Et l'art qui foutait le camp. Alors à quoi ça sert de vivre ? Un gosse... Un gosse... Elle se leva.

— Il est couché, il vous attend, dit Monsieur Gé. Hôtel du Globe à Cusset. Il n'est pas très abîmé, il a eu surtout peur. Mais ne lui racontez rien de ce que vous avez vu là-haut, parce que sa sciatique pourrait se transformer en méningite.

Elle jeta ce qui restait de sa cigarette.

— Un gosse, l'amour, la vie, tout ça c'est un bain de connerie !

Elle était décontenancée et furieuse.

— Ou bien alors qu'on me dise à quoi ça rime !

— Je voudrais bien pouvoir, dit Monsieur Gé.

Il soupira et se leva à son tour. Elle l'attaqua avec une sorte de hargne :

— Et vous, vous en avez des gosses, vous ?

— Moi ce n'est pas nécessaire, dit Monsieur Gé.

Elle ne comprit pas ce qu'il voulait dire, mais elle sut qu'il disait la vérité. Elle eut besoin de s'en prendre à quelqu'un, et cet homme était invulnérable. Alors elle leva vers le ciel un bras maigre, un index brandi jauni de gauloise.

— Et mon con de frère qui est dans la Lune ! Ah, celui-là !

Elle partit à grands pas. Après le tournant, elle courait presque. Il ne lui restait plus beaucoup de temps...

De l'autre côté de la Forêt, la Princesse...

Eh bien quoi, la Princesse ? quoi la Princesse ? Qu'est-elle devenue que fait-elle que veut-elle, où va-t-elle ?

... la Princesse.

Le rêve ne va pas plus loin.

C'est ce soir-là, à cet endroit-là, au milieu de cette phrase, que sa mère avait porté soudain sa main à sa tête en poussant un gémissement. La douleur venait d'entrer en elle comme la foudre. Lui, Colomb, l'enfant Colomb, restait suspendu attendait la suite de l'histoire.

... la Princesse...

Un enfant n'imagine pas que sa mère puisse avoir mal, devenir malade, être vaincue. Puisqu'une mère c'est la certitude, l'apaisement et la force. L'enfant Colomb s'impatientait, demandait la suite de l'histoire. Sa mère eut le courage de sourire et de le coucher. Puis elle se mit au lit à son tour et ce fut le commencement de cette longue bataille qu'elle ne devait pas gagner.

Lui attendait la suite de l'histoire. Il savait que la Princesse quelque part attendait elle aussi, attendait pour continuer de vivre, que sa mère et lui remissent en route le fil de l'histoire. Sa mère pour dire et lui pour entendre. Sa mère lui donnait la Princesse et lui la recevait. C'était ainsi qu'elle vivait.

De l'autre côté de la Forêt, la Princesse...

Jour après jour, sa mère restait enfermée dans sa chambre. La famille tournait autour en chuchotant, lui on le repoussait dans les coins il gênait il était dans les jambes, il ne fallait pas qu'il sache.

Malade qu'est-ce que ça veut dire ? On ne peut pas rester ainsi, malade, et laisser la Princesse derrière la Forêt. Qu'est-elle devenue depuis qu'elle a refermé son corsage ? Depuis que le Prince a grandi ? Ah ! s'il n'y avait pas cette Forêt peut-être pourrait-elle venir jusqu'ici... Elle entrerait dans la maison, elle tendrait la main, elle dirait : « Je suis la Princesse. »

Derrière la Forêt, elle était derrière la Forêt là-bas, derrière cette Forêt que personne n'avait jamais franchie. On ne pouvait pas la laisser comme ça en attente ! Derrière la Forêt, la Princesse...

Un soir, il comprit que tout était terrible et que le monde était menacé. La famille accablée cessa de chuchoter et l'intérieur de la maison devint gris. Il passa la nuit à trembler dans son lit en se disant que ce n'était pas possible, qu'une chose pareille n'était pas possible, n'était pas permise. Au matin on le fit lever en hâte et quelqu'un de la famille le conduisit chez des amis. Quand on revint le chercher, on lui dit gravement : « Ta maman est morte », et on le serra contre des poitrines.

Derrière la Forêt, la Princesse...

Maman...

MAMAN !...

Maman pourquoi m'as-tu quitté ? Je suis passé devant la porte de ta chambre où depuis des semaines tu gémissais l'effort de vouloir vivre encore. Pour moi tu voulais vivre, pour moi je le sais. Tu aurais dû être plus forte, tu aurais dû t'accrocher, vaincre, vivre ! Maman, maman, pourquoi m'as-tu quitté ? Je suis passé devant la porte de ta chambre, je t'ai entendue gémir, on me poussait doucement, on ne voulait pas que je reste à la maison ce jour-là, on me poussait doucement avec pitié, on ne voulait pas que je reste, parce qu'on savait que c'était le dernier jour de ta lutte et que tu avais perdu. On ne voulait pas que je reste, on avait peur pour moi, on avait pitié ! Je suis passé devant la porte de ta chambre et je t'ai entendue gémir, et ça m'a déchiré le ventre de haut en bas et on m'a porté parce que je ne pouvais plus marcher... Et j'ai entendu Suzanne qui sanglotait au pied de ton lit. On m'a porté on m'a emporté loin de la maison. Peut-être si j'étais resté, si j'étais entré dans ta chambre, si je m'étais jeté sur toi, si je m'étais accroché à toi en criant mon amour de toi ! ma faim de toi ! mon besoin de toi ! si je t'avais retenue dans mes bras en pleurant, en criant mon amour ! peut-être ne serais-tu pas partie, ne m'aurais-tu pas laissé... Maman, maman, pourquoi m'as-tu quitté ? Depuis ce jour-là je te cherche... Je suis ton petit garçon, ton enfant perdu... Suzanne n'a pas besoin de toi, elle est grande et c'est une fille, mais moi je suis ton petit, ton garçon, ton chéri, moi je suis toi, un morceau de toi... Pourquoi es-tu partie ? Pourquoi m'as-tu laissé ? Je suis un morceau de toi arraché, ton cœur saignant, ta main coupée...

Derrière la Forêt, la Princesse...

Du fond du ciel noir, la Lune est venue au rendez-vous. Elle est là maintenant au moment prévu, elle passe à l'endroit précis vers lequel la fusée depuis soixante jours tendait sa courbe. En ce point noir du ciel noir, en ce moment il y a la Lune. Elle passe. Vite. Dans peu de temps, en ce lieu de l'espace, il y aura de nouveau le vide et le noir. Mais la fusée, au bout du long fil tendu de sa courbe, est arrivée elle aussi à l'endroit au moment précis, prévus, calculés par toute la matière grise qui se trouve à l'intérieur du Ventoux. Déjà on sait sur la Terre que c'est réussi. La Lune et la fusée ne peuvent plus se manquer. Mais il y a encore l'alunissage. Délicat. Il faut se retenir de crier triomphe. Un peu de patience. Quelques minutes...

Les quatre feux rose pâle sont devenus vifs. La fusée descend lentement vers la Lune, freinée par ses quatre moteurs qui fournissent exactement la puissance qu'il faut, prévue, calculée, enregistrée dans le cerveau de la fusée. Les quatre pieds de la fusée effleurent la surface de la Lune. Dès que le poids de la fusée pèsera sur eux, un relais stoppera les moteurs. C'est ce qui a été prévu, calculé, enregistré.

La surface de la Lune ressemble à une croûte de pain

mal levé, trop cuit. Granuleuse, brunâtre. Depuis des milliards d'années, il pleut sur la Lune des météorites de toutes tailles, billes, grains de poivre, grains de poussière, et encore plus petit, des mondes d'infimes microscopiques. Il n'y a pas d'atmosphère pour les freiner et les brûler. Petites et grosses, les météorites percutent la Lune du plein fouet de leur vitesse cosmique. La chaleur du choc les fait fondre en partie, couler, se coller à celles qui sont déjà là agglomérées, collées. Les plus grosses s'enfoncent, parfois explosent, creusent un cratère, jettent au loin en cercle les débris. Et sur les débris aigus de l'explosion, la poussière du ciel de nouveau déjà tombe, colmate, arrondit les angles, comble le fond des trous. La Lune est un monstre de poussière. Au centre, l'astre original, le noyau. Depuis des milliards d'années, la poussière de l'Univers lui tombe dessus, le capitonne. Il est enfoui sous des centaines de kilomètres d'épaisseur de poussière colmateuse, un horrible nougat couleur de vieille ferraille, poreux, collé, léger, friable. La vraie Lune est au milieu, au fond, enfouie étouffée. L'Univers ce n'est pas ce qu'on pense. C'est quelqu'un qui a vidé sa poubelle par la fenêtre. Ça tombe où ça peut. La vraie Lune asphyxiée sous cet agglomérat nous ne saurons jamais ce qu'elle est, c'est trop tard maintenant, elle est trop loin au fond. Nous ne saurons jamais. Colomb peut-être...

Un des pieds de sa fusée, puis un autre, touchent la surface friable, l'écorchent, la percent. Les quatre moteurs continuent de brûler. Leur flamme décolle les grains de la croûte. Leur souffle les écarte et les disperse. La fusée creuse un entonnoir, un de plus, et s'y enfonce. Les quatre pieds s'enfoncent dans le granulé qui se désagrège et s'envole. Ils ne trouvent aucune résistance. Les moteurs continuent de brûler.

La fusée s'enfonce dans la croûte lunaire comme une lampe à souder dans une meringue.

Les premières branches de l'arbre de fer rencontrent les bords du trou, se tordent, crissent, cassent, freinent. La fusée cesse de s'enfoncer, mais ses moteurs continuent de brûler. Autour d'elle, la croûte s'amollit et fond. Le cratère s'effondre mollement, noie les moteurs dans un granouillis rougeoyant. Les moteurs s'éteignent, la croûte se refroidit autour de la fusée et l'englue. La fusée n'a pas fondu, s'est à peine échauffée dans ses couches externes. Le système d'équilibrage thermique fonctionne à la perfection. L'arbre de fer évacue vers les espaces des milliards de calories. La croûte continue de s'effondrer et de se refroidir autour de la fusée. L'arbre de fer frémit encore un peu puis se stabilise. Son tronc métallique est enfoncé dans la croûte qui s'est refermée et figée. La fusée est au-dessous, lui au-dessus, comme un arbre doit être. Il est le seul arbre de la Lune. Et, même sur la Terre, il n'a pas son égal. Ni les cèdres du Liban ni les séquoias américains. Et peut-être nulle part sur les autres planètes, nulle part dans l'Univers.

Les feuilles de fer font leur travail réglé-prévu, s'orientent pour présenter le maximum de surface au soleil bas sur l'horizon, puis l'arbre qui est aussi antenne envoie vers les espaces le message enregistré-prévu, le message en clair, compréhensible pour tout le monde, qui signifie « la fusée s'est posée sur la Lune ». C'est, enregistrée par un célestat, la première phrase musicale d'*Au clair de la Lune.*

Une idée d'Yr, un enfantillage, un peu de sentiment. La seule inexactitude qu'il se soit permise, car l'endroit précis le seul où la fusée ne peut pas recevoir le clair de la Lune, c'est bien, justement, la Lune.

L'arbre a chanté en silence. Un peu plus d'une

seconde après, les notes du célestat ont retenti dans tous les observatoires terrestres. Les postes de radio et de télé ont interrompu leurs émissions, les annonceurs ont annoncé en tremblant de la voix la grande nouvelle : « Colomb est arrivé ! » Des spécialistes ont lu leur topo préparé depuis soixante jours : « Date historique dans l'histoire de l'humanité : un homme porté par le génie de l'espèce s'est évadé de la Terre et a posé le pied sur la première marche de l'espace. » C'est très émouvant. Même ceux qui ne comprennent pas comment on a pu faire, même ceux qui se demandent en ricanant ce que l'homme peut bien aller chercher dans la Lune, ne peuvent s'empêcher dans les deux hémisphères de lever la tête vers le plafond, vers la fenêtre, vers le ciel où l'on ne voit rien, car c'est une météo temps couvert partout, et de ressentir au cœur un petit pincement à la fois de fierté et d'appréhension. Quand même, la Lune ! aller là-haut ! c'est quelqu'un, les hommes ! On en est un. C'est un peu comme si chacun... Moi j'y serais pas allé et vous ? C'est qu'un commencement, remarquez. Le ciel c'est grand. Et qui sait ce qui peut y avoir dedans ?

Colomb commence à se réveiller.

Le Parlement se réunit d'urgence et vote à la demande de son président une loi proclamant que Colomb a bien mérité de la patrie et de l'humanité. Ce sera lu dans les écoles.

— Colomb, mon petit frère, Colomb, tu m'entends ?

Les Puissantes Nations congratulent par télégramme, mais font toutes réserves sur les prétentions territoriales que la nation expéditrice de l'engin croirait pouvoir formuler sur telle ou telle portion du sol et du sous-sol lunaire.

— Combien le cœur ?

— Quarante-cinq.

— Il dort encore.

— Quarante-huit. Cinquante...

— Colomb, mon petit frère, Colomb, tu m'entends ?

— Allô, monsieur Yves Rameau ? Ici le Ministre. Au nom de la nation, permettez-moi...

— Merde, j'ai pas le temps !... Colomb, mon petit frère, Colomb, tu m'entends ?

— Cinquante-cinq, cinquante-huit.

— Yr où tu en es ? La télé réclame le direct.
— Qu'ils aillent se faire...
— Et le contrat ? Y a un contrat, mon vieux...
— Leur contrat qu'ils se le mettent...
— Soixante, soixante-deux.
— Qu'est-ce qui se passe, bon sang ? Il devrait répondre ! Colomb ! Colomb, mon petit frère ! Ici la Terre, ici Yr, ton vieux barbousard...
— Heeeuu... Aâaâhàaaàaâh !
— Eh ben, c'est pas trop tôt ! Bâille, mon petit vieux, bâille ! mais ne t'étire pas, tu as pas la place !
— Aâaâaâh ! Aâaâh... Heeeuu... C'est... c'est toi, Yves ?
— C'est moi, ma vieille cloche ! C'est moi, c'est toi, c'est nous ! Je t'embrasse ! Tu es formidable !
— Mais... mais... où tu es ?
— Sur la Terre, ici !... en bas !... et toi tu es en haut !... ça y est ! tu as réussi ! tu y es !... sur la Lune ! En plein dans le mille ! Tu es formidable ! On t'embrasse tous ! Tout le Ventoux ! Toute la Terre ! Comment tu te sens ?
— Bien... Heu... Bien... Alors je suis... ? C'est...
— Soixante-deux. Soixante-deux. Soixante-deux.
— Yr, la télé...
— Une minute, merde ! Colomb, ça y est ? tu es bien réveillé ?
— Ça va, ça va.
— Écoute, on va passer en direct sur la télé tous les réseaux émission mondiale, on peut pas éviter ça, mon vieux, ça paye les frais, tu comprends ?
— Je comprends, bien sûr... Que faut-il leur dire ?
— Leur dire ? Manquerait plus que ça, merde ! Rien du tout ! On continue nous deux simplement, sans s'occuper. Ils veulent du sur-le-vif. Seulement, tu

sais que tu es diffusé, c'est tout. Ils s'imaginent pas qu'on va leur faire de la sauce ?

— Bon, bon.

— Yr, la télé...

— Tu peux y aller, compte.

— Cinq, quatre, trois, deux, un, zéro...

— Soixante-deux, soixante-deux, soixante-deux.

— Colomb, mon petit frère, ton cœur est à soixante-deux, c'est pas tout à fait assez, avale un peu du tube rouge, une gorgée.

Sur les écrans du monde entier, le visage de Colomb, un gros plan un peu brouillé strié de parasites, flou comme une photo trop agrandie. Il se tourne vers la gauche, ouvre la bouche, suce une sorte de tuyau. Colomb. Il est là-haut, il est sur la Lune, c'est émouvant, mais quand même, ce qu'on voudrait voir...

— Soixante-cinq, soixante-huit, soixante-quinze, soixante-quinze, soixante-quinze.

— C'est parfait. Pression artérielle ?

— Douze-huit.

— Tu es oké, petit frère. Lis-moi les cadrans, de gauche à droite.

— Six virgule trois, cent quarante-sept, rouge, moins deux, ouvert, stop, onze degrés trois minutes quarante-six secondes, treize kilos neuf, entre trois et quatre, horizon stable...

— Bon, bon, bon... Récite-moi la fourmi et le renard.

— La fourmi et le renard... La fourmi et le renard... Ça n'existe pas !

— Très bien ! Où est ton pied gauche ?

— A gauche.

— Dessus ou dessous ?

— Dessous.

— Ta langue, chaude ou froide ?
— Heu...
— Ne la bouge pas, ne la mords pas !... Chaude ou froide ?
— Plutôt chaude au bout, plutôt froide au fond.
— Bon. On commence par ton pied gauche. Tu le sens ?
— Je le sens.
— Remue les orteils.
— Je remue.
— Ta cheville, tu la sens ?
— Ma cheville ? Heu...

« ... vous voyez, c'est extraordinaire, vous voyez le visage extraordinaire de Colomb, extraordinairement calme, pendant que le directeur de l'expédition, le grand savant Yves Rameau lui fait subir les tests avant de lui permettre, c'est normal, avant de l'autoriser à regarder la Lune sur laquelle il s'est posé. Parce qu'il faut bien le dire, après ce voyage extraordinaire, je crois que nous pouvons le dire, en regardant la Lune il risque de recevoir un choc et il faut d'abord s'assurer qu'il est en possession de toutes ses facultés et qu'après ce sommeil artificiel dans lequel il a été plongé, après ce voyage extraordinaire il a bien repris possession comment dirais-je de toutes ses facultés.

« Mais je ne sais pas si vous pensez comme moi, quand je regarde ce visage, il me semble que nous pouvons le dire, ce qui me frappe, je ne sais pas si vous le voyez comme moi là sur mon petit écran de contrôle, moi je trouve ça extraordinaire, je crois que nous pouvons dire que c'est vraiment extraordinaire, on ne dirait vraiment pas qu'il vient de si loin... »

Trois cent mille onze cent soixante-douze coups de téléphone aux postes émetteurs, dans le monde entier.

Les femmes : « Vous ne pouvez pas le laisser

tranquille ? Vous ne voyez pas qu'il est fatigué ? Vous ne pouvez pas le laisser reposer un peu, le pauvre petit ? Où est son chat ? On m'avait dit qu'il avait emmené son chat. Pourquoi on le voit pas ? »

Les hommes : « Ça va comme ça ! Une heure que ça dure ! Héroïque, bon d'accord, mais on l'a quand même pas envoyé là-haut pour se faire photographier ! S'il s'agit de voir sa tronche, on pouvait la voir en bas, ça aurait coûté moins cher. On veut voir la Lune ! La-Lune ! La-Lune ! La-Lune ! »

— Tu es oké, petit frère, de la tête aux pieds. Maintenant, on va pouvoir y aller. Avant de nous envoyer l'image, tu vas d'abord te la regarder toi là-haut tout seul, tu l'as bien gagnée ! Le premier homme à regarder la Lune nez à nez. C'est toi, mon vieux, à toi, vas-y...

Colomb éteint le tableau de bord et, avant d'allumer le dispositif de télévision, ferme les yeux... Ça y est, l'image doit être là autour de lui, l'image incroyable. La Lune. La Lune où il est ! Le voyage auquel il rêve depuis son enfance, auquel il travaille depuis vingt ans, auquel il se prépare depuis quarante mois. Ça y est ! Il y est ! Il ne reste plus qu'à ouvrir les yeux... Non, pas encore.

La voix précautionneuse d'Yr, presque chuchotée :

— Alors, petit frère, comment c'est, là-haut ?

Les yeux circulaires de la fusée, en cercle autour de sa base et de sa ceinture, en double cercle à l'endroit où elle commence à s'amincir, tous les yeux de la fusée sont noyés dans la croûte, et ne sont pas plus capables de voir que ceux d'un charbonnier qui aurait plongé sa tête dans un sac de charbon.

Tous sauf un. Celui qui est sommet de l'arbre, plus haut que les plus hautes branches. Celui qui a été mis là-haut pour être le premier à voir devant. Maintenant, il regarde vers le haut. Et il envoie dans la fusée l'image de ce qui est devant lui : le ciel.

— Colomb, mon petit frère, Colomb, tu m'entends ?

— ... oui...

— Qu'est-ce qu'il y a, Colomb ? Qu'est-ce que tu vois ?

— Attends, je vais ouvrir les yeux, je les ouvre... je vois... Oh !

— Qu'est-ce que tu vois, petit frère, qu'est-ce que tu vois ?

— JE VOIS LA TERRE !...

Tierson, vêtu d'un slip de nylon azur, était couché sur le ventre, les bras sous l'oreiller qu'il mordait pour ne pas crier. Suzanne, assise sur lui à cheval à la hauteur des cuisses, lui promenait vigoureusement son poing droit le long de la colonne vertébrale. Os contre os, cela faisait un bruit de boîte de vitesses. Elle avait suivi dans sa jeunesse des cours de kinésithérapie, mélangés de yoga à l'occidentale et de culture de soi. Elle lui avait déclaré qu'elle viendrait à bout de sa sciatique. Et elle était bien décidée à faire le nécessaire.

Quand elle l'abandonna, il avait l'axe du dos rouge vif, le creux des reins bleus et les vertèbres dessoudées.

Suzanne se déplia, mit pied à terre et vint au lavabo rafraîchir son poing écorché. Tierson, après quelques minutes d'inconscience, émergea, respira et essaya de se retourner. Il prit appui sur son coude droit et pivota. L'intérieur de son dos fit un bruit de crécelle et un éclair de douleur le transperça des cheveux au talon gauche. Il poussa un cri et se laissa retomber sur le ventre.

— Ce que vous êtes douillet ! dit Suzanne.

Elle revint vers le lit, pour achever son œuvre. Tierson dans un sursaut se redressa et sauta à terre. Il tomba sur la queue du chat couché sur la descente de lit, et qui se confondait avec le soleil coupé en tranches par la persienne. Le chat lui laboura le dessus du pied et sauta sur l'armoire. Tierson hurla, se baissa pour ramasser une chaussure. Il se redressa, chercha d'un œil furieux la bête invisible. Elle se confondait avec le papier peint qui représentait des bergères et des marquis dans un champ d'avoine. Il se baissa de nouveau pour reposer la chaussure. Il s'était baissé, redressé, rebaissé sans la moindre douleur.

— Vous voyez, dit Suzanne, vous êtes guéri.

Étonné, il réfléchit, fit avec prudence quelques tentatives de flexion du tronc et de jambe en l'air. C'était vrai, il ne sentait plus rien. Il s'émerveilla.

— Vous êtes formidable ! dit-il.

Et il se mit à danser.

Elle le regardait d'un œil objectif. Sa peau blanchâtre, ses jambes maigres, son petit ventre par-dessus le slip, ses épaules tombantes, ses seins tremblants. Ce n'était pas un physique pour jouer *l'Après-midi d'un faune*. Et pour faire un enfant ?

Il y avait l'autre moitié du nécessaire : elle-même. Elle n'avait pas besoin de se déshabiller devant la glace pour voir le tableau. Une planche articulée dans une vieille peau solide. Le bassin ? Oui, assez large, sûrement assez large, ça pourrait aller. Mais quel enfant ? Cet affreux et cette affreuse confondus en un bourgeon... Comment espérer qu'il en puisse émerger autre chose qu'une feuille chenilleuse déjà fripée prête à tomber ? Un enfant, lui et elle, elle et lui, elle avec son ventre sec, lui avec ses cuisses de grenouille sous-alimentée ? Un enfant ? Un enfant jeune, un enfant rose, un enfant frais ?

Un enfant...

C'est toujours jeune, un enfant, c'est toujours frais,

même un peu tordu c'est jeune et frais. Et puis il y a des cas fréquents, on en connaît des couples vieux qui ont des enfants superbes, bien pleins partout, juteux.

« Des couples vieux... D'ailleurs, suis-je vieille ? » Elle ferma les yeux et fit l'effort de penser à elle-même en oubliant son visage et son corps. Elle se rendit compte avec étonnement, puis avec joie, qu'elle était restée tout à fait jeune, enthousiaste naïve, un peu bête, assoiffée de quelque chose elle ne savait quoi, peut-être plutôt jeune à la façon d'un jeune garçon que d'une jeune fille, mais jeune en tout cas, sûrement jeune, ça ne faisait pas de doute, jeune !...

Et même la carcasse, elle était plutôt moche mais pas esquintée. Plus de cigarettes, plus de vin rouge ! Ça ira. On va essayer.

Elle rouvrit les yeux pour demander :

— Que âge as-tu, Alexis ?

Mais quand elle le vit, elle retint sa question. Assis au bord du lit, le mollet droit replié sur le genou gauche, il se grattait le pied entre la cheville et le talon, la bouche à demi ouverte de plaisir, l'œil perdu, le cerveau vide, innocent, jeune, jeune...

Elle vint vers lui, le pressa contre son pull-over anthracite et l'embrassa sur le sommet nu de sa tête.

— Alexis, tu vas me faire un enfant, dit-elle, il sera superbe !

— Le poro ce matin il a diminué. J'en ai pris un kilo, je vais les faire en asperges ça rafraîchit. Deux fois par jour tous les jours, on sait plus quoi manger. Et ce type dans la Lune, qu'est-ce que vous en pensez ? Vous croyez que c'est vrai la Lune ? Moi je dis c'était arrangé d'avance, la preuve c'est que la Lune ils nous l'ont pas montrée la Lune, s'ils y étaient dans la Lune, ils nous la montreraient la Lune.

— Oh ! moi vous savez la Lune, moi la Lune, moi j'y connais rien...

Il y a un peu plus de deux heures que Colomb a dit :

— Je vois la Terre.

Sa phrase a été traduite simultanément dans les cinquante-sept langues de la mondiovision. Puis le visage de Colomb s'est effacé et l'écran des télés est devenu noir, avec au milieu un croissant grand comme le bord d'un verre de lunette.

— C'est la Lune !

— Non, c'est la Terre, ils l'ont dit... Moi mes poros...

— Je vois bien que c'est la Lune ! Le croissant, c'est la Lune !

— Non, c'est la Terre vue de la Lune. Le type vient de le dire...

— Moi mes poros...

— Vue de la... ? Ben mince alors ! Qu'est-ce qu'ils nous apprennent à l'école qu'elle est ronde ? Mais la Lune alors, comment elle est la Lune ? Pourquoi ils la montrent pas la Lune !

— Ils vont bien la montrer... Moi mes poros je les fais cuire avec une pomme de terre pas épluchée, ça adoucit.

Ils ne peuvent pas la montrer, la Lune. Ils ne la voient pas, Colomb ne la voit pas. Les yeux de la fusée qui devaient voir la Lune sont enfouis dans la poussière. Colomb voit le ciel, il voit les étoiles, il voit la Terre, c'est tout ce qu'il voit.

— C'est tout ce qu'il voit ? C'était bien la peine ! Le ciel ! La Terre ! Nous aussi on la voit la Terre ! On marche dessus ! On en a même plein les bottes ! C'était pas la peine d'aller si loin !

Colomb connaît sa situation. Il a fait le tour de tous ses instruments, essayé tout ce qui pouvait être essayé.

Il est parvenu en même temps qu'Yr à la même conclusion : il est bloqué. Enfoncé dans quelque chose et bloqué. Tous les appendices qui devaient se développer au-dehors pour humer, saisir, palper, gratter, ensacher, emporter, sont restés dans leurs logements. Aucun n'a pu bouger d'un millimètre. Il y a tout autour de la fusée quelque chose de compact qui s'est fermé sur elle et la tient.

— T'inquiète pas, petit frère, on va te tirer de là, dit Yr.

Mais il ne dit pas ce qu'il pense, il est bouleversé, il a peur. Il a fait couper la mondiovision depuis longtemps. Il faut qu'il se renseigne, qu'il réfléchisse et qu'il trouve. Il met Gus à sa place en conversation avec Colomb. « T'inquiète pas, petit frère, à tout de suite, je reviens, si ça va pas, dis-le à Gus. »

— Ça va, dit Colomb.

Il sourit et ce n'est pas un mensonge. Il n'est pas inquiet. Depuis deux ans il a été conditionné pour. Jamais peur toujours tranquille quoi qu'il arrive. « Tout incident technique sera solutionné. » C'est le credo-réflexe qu'on lui a introduit dans la tête. Cinq mots dont le plus horrible verbe de la néo-langue française. Aucun des savants et techniciens qui ont contribué à lui donner cette certitude n'a senti son cœur se soulever à la lecture ou l'audition de ce solutionné. Leur langue, c'est les chiffres. Ils ne parlent pas, ils s'expriment. Le français, ils n'en connaissent plus le plaisir et la gloire. D'ailleurs personne. C'est fini. C'est normal. On est dans la Lune. C'est plus le temps des rubans verts.

Yr est au téléphone. Il appelle les quatre coins du monde, les sélénophysiciens, les sélénosophes, les sélénographes, tous les spécialistes qui ont émis les hypothèses les plus raisonnées ou les plus farfelues sur la nature du sol lunaire. Chacun lui donne son avis. Il n'en sait pas plus long. La solution, la seule, il la connaît depuis le début : il faut essayer de décoller. Mais si la résistance est trop forte, si les moteurs fonctionnent trop longtemps sans que la fusée sorte de son trou, le système d'équilibrage thermique ne suffira plus. La chaleur des moteurs cuira l'œuf...

Il reprend la place de Gus.

— Écoute, petit frère, dit-il, il y a deux solutions. Ou bien tu essayes de décoller. Y a un risque. Ou bien tu avales le tube gris et tu te rendors, le temps qu'on envoie là-haut une deuxième fusée pour aller te chercher.

Il sait bien que ce n'est pas possible. La deuxième fusée sera prête dans six mois au plus tôt. Le tube gris c'est soixante jours d'hibernation, pas plus. Mais peut-être pendant ces soixante jours on pourrait avoir une idée. Quelle idée ? On n'en saura, on ne pourra pas davantage. On en reviendra à la première solution. Il n'y en a pas d'autre. Il le sait depuis le début.

— Je vais décoller, dit Colomb.

— Je crois que tu as raison, dit Yr, si ça réussit pas, il sera toujours temps de roupiller. Mais fais attention. Mets tout de suite toute la gomme et surveille tes thermomètres. Dès que ça s'échauffe d'un degré, coupe.

— Compris, dit Colomb.

Venir sur la Lune, ne rien voir du tout et repartir aussitôt, c'est bien dommage, mais c'est ça la science, c'est ainsi qu'on avance, des essais et des échecs, jusqu'à la réussite. Il reviendra...

Il appuie le coude gauche contre sa poitrine. Le bouton qui commande l'allumage simultané des quatre moteurs s'enfonce en craquant.

Une seconde...

Dix secondes, une minute...
— Les moteurs ne se sont pas allumés, dit Colomb.
Sa voix est calme.

Dans un grenier de Montmartre, il restait un chansonnier. C'étaient des gens féroces, des autres siècles, qui portaient des grands chapeaux et des cravates en largeur. Celui-là le survivant, était si âgé qu'il ne connaissait plus son âge, mais il avait gardé une dent. Il fit une chanson :

Le dernier jour du mois dernier,
Christoph' Colomb s'est envolé.
Au gouvernail de sa fusée,
Droit vers la Lune il est monté...

Christofus Colombus,
T'aurais mieux fait de prendre le bus !

Colomb sur la Lune arriva
Les pieds en l'air, la tête en bas.
C'était déjà l'dernier quartier :
Y avait just' la plac' pour ses pieds !

Christofus Colombus,
T'aurais mieux fait de prendre le bus !

Et puis après l'dernier quartier,
Tout' la Lun' s'est escamotée.
Christoph' Colomb a disparu,
On ne l'a plus jamais revu...

Christofus Colombus,
T'aurais mieux fait de prendre le bus !

Il la présenta à Radiomonde. Elle passa sur l'antenne, dans les cinquante-sept langues. Ceux qui avaient frémi pour Colomb, tremblé pour Colomb, la trouvèrent très drôle ; ceux qui avaient pleuré riaient le plus fort. Les hommes.

Monsieur Gé a téléphoné aussitôt à Suzanne et à Mme Anoue. Il leur a donné rendez-vous dans le salon de la villa. La situation est grave. Il y a une décision à prendre. Il ne veut pas la prendre tout seul, c'est la famille de Colomb qui doit décider.

A Suzanne :

— Et surtout ne dites rien à Tierson. Ce n'est pas une histoire pour les journaux. Pour les historiens peut-être, dans un siècle ou deux. Qu'est-ce qu'il fait votre curieux ?

— Il est un peu fatigué, dit Suzanne. Il dort...

— Lui aussi ? Eh bien, c'est parfait. Profitez-en pour quitter l'hôtel... Ne vous inquiétez pas, vous le retrouverez. Il va vous attendre. Et quand vous reviendrez, vous aurez une bonne nouvelle à lui annoncer.

— Quelle nouvelle ?

— Vous ne devinez pas ? dit Monsieur Gé.

Suzanne raccrocha doucement et posa les deux mains sur son ventre, les yeux écarquillés.

Les Puissantes Nations ont fait parvenir leurs condoléances. Leurs radios diffusent des commentaires officieux. Les bien-savants, les spécialistes suceurs d'atomes n'ont jamais cru au succès d'une entreprise qui n'était pas basée sur la *puissance*. Oui, bien sûr, Colomb est arrivé jusqu'à la Lune et s'y est posé, tandis que les nôtres... Mais il ne sait même pas dans quoi il s'est posé, Colomb. Et il ne peut plus s'en sortir. Oui, bien sûr, les nôtres se sont perdus dans l'espace ou se sont volatilisés avec le volcan qui les poussait au derrière. Mais c'étaient là des incidents. La prochaine fois, nous y arriverons. Et avec tous les moyens. Nous quand nous réussissons, nous réussissons. Que cela ne nous fasse pas oublier l'héroïsme de Colomb. Il est un homme, bien qu'Européen. Nous sommes tous des hommes. Il est notre frère. Il est le Premier. Nous proposons devant l'O.N.U. que son nom soit glorifié, qu'une plaque soit apposée dans la grande salle de l'assemblée des Nations, portant son nom gravé en or, entouré de feuilles de laurier. Accepté à l'unanimité.

Le délégué italien se lève et fait une proposition si émouvante que sa voix tremble, il n'arrive pas au bout, il sanglote. On le réconforte, il se mouche, il peut enfin parler. Il propose que tous les enfants du monde nés ce jour portent comme prénom, en plus de celui choisi par leurs parents, le nom de Colomb. Pour les filles, Colomba. En français, Colombe.

Le Président déclare c'est une idée merveilleuse et humaine, comme il ne peut en surgir que dans le cœur du représentant d'une de ces vieilles nations qui ont fait boire à l'humanité, aux tétines de la louve romaine, le lait de la civilisation. Il met aux voix.

Adopté par acclamations, avec des mouchoirs et des larmes.

Colomb Colombe, une colombe noire. Oui, c'est une colombe noire. Une colombe noire vole dans le Ventoux.

Cela s'est passé au moment même où la fusée de Colomb s'enfonçait dans les sables lunaires. Jup, depuis quarante-huit heures, ne quittait plus le puits du Froid. Il sentait que quelque chose allait arriver, quelque chose de proprement inimaginable, car l'homme ne peut imaginer qu'avec des morceaux de sa mémoire, et ce qui allait arriver là au fond de ce puits, depuis que l'homme est homme, ne s'était jamais produit.

Tous les gens du Ventoux étaient occupés par la Lune. Ils avaient tous, psychiquement, le nez en l'air. Lui, Jup, le puits lui avait fait oublier Colomb.

C'était le galvanomètre qui l'avait alerté. Le voltmètre qui mesurait le courant continu injecté dans le corps de Nilmore avait brusquement accusé une baisse de tension. Et cette baisse se poursuivait. Un observateur ordinaire en aurait conclu simplement que le corps de Nilmore perdait progressivement sa qualité de supraconducteur. Mais Jup était un esprit supérieur, un de ces génies qui comprennent, tout à coup, pourquoi tombe une pomme. Alors que l'aiguille du voltmètre baissait, celle du galvanomètre montait. Il en tira une conclusion qui emplit de stupeur ses collaborateurs.

— Le courant électrique qui tourne dans le corps de Nilmore n'est pas en train de s'affaiblir, dit-il, il est en train de *s'immobiliser !...* Oui, je sais, ça ne veut rien dire. *Dans notre monde,* un courant électrique qui s'immobilise, c'est une expression absurde... Mais...

Il se tut un instant, regarda au fond du puits et ajouta d'une voix sourde :

— ... mais il n'est déjà presque plus *dans notre monde...* Je crois que nous pouvons nous fier à ces signaux...

Il montra les cadrans du voltmètre et du galvanomètre dont les aiguilles continuaient à se déplacer lentement en sens inverse.

— ... Je n'ai rien qui puisse prouver ce que je vais vous dire, et je me trompe peut-être. Mais je crois qu'il est en train de parcourir la dernière étape vers le zéro absolu. Quand le voltmètre sera à zéro, lui aussi...

Ses collaborateurs, comme tous les hommes du Ventoux, étaient des esprits exceptionnels. Chacun d'eux, dans sa spécialité, était aigu comme une lame... Mais aucun n'eût été capable de suivre l'intuition qui l'avait amené à cette affirmation. Aucun d'eux, pourtant, ne douta. Sauf de ce doute raisonnable des laboratoires, où l'on attend que l'observation confirme l'hypothèse. Ils se mirent avec lui à observer les instruments. Les aiguilles bougeaient de plus en plus lentement. Cela dura des heures. Un à un, ils désertèrent pour aller s'agglomérer dans la grande salle de l'Arrivée. C'était l'heure. On savait que Colomb allait se poser. On voulait voir ça sur la Courbe. Une courbe qui aboutit au point prévu par les calculs, pour des esprits mathématiques, c'est un spectacle bien plus satisfaisant que la vue directe de ce qu'elle traduit. La

Lune, un homme, ce sont seulement deux des données du problème, parmi les autres.

Trois de ses collaborateurs restèrent près de lui : Édith la microtomiste. C'était elle qui coupait les cheveux en tranches d'un millionième de millimètre. Elle était amoureuse du Patron, de loin, de très loin. Georges Laurent, Ge. L., Gel comme on dit au Ventoux, spécialiste des métaux froids. Il voulait voir comment allait se comporter, si le Patron disait vrai, son mercure surgelé [1]. Et Paul Issard, P. I., Pi comme on dit au Ventoux, le plus jeune de tous, spécialiste du deuxième état de l'hélium liquide, l'hélium sous-lambda, qui coule à travers le verre et monte le long des parois. Il avait dix-neuf ans, et gardait, en dehors de sa spécialité, une curiosité toute neuve pour tout et même pour les hommes. Après beaucoup d'échecs, quand il aurait perdu les certitudes innocentes des jeunes esprits scientifiques, il serait capable de devenir quelqu'un de qualité.

Et voici ce qu'ils ont vu tous les quatre. Il n'y a sans doute aucun lien, il ne faut pas essayer de lier entre eux des faits qui n'ont aucun facteur commun, mais il faut quand même le constater, c'est cela la science : constater objectivement, il faut le constater, c'est exactement au même moment à 18 h 47′ 11″ que les pieds de la fusée de Colomb ont effleuré la surface de la Lune, et que dans la salle du Froid s'est produit l'événement.

Jup est penché vers le fond du puits. Il regarde Nilmore dont les oscillations ont cessé. Nilmore est

1. Rappelons ici, pour les lecteurs qui n'y auraient pas prêté attention au passage, ou pour ceux qui l'auraient oublié, que les pieds de Nilmore d'une part, ses oreilles d'autre part, ont été reliés par des câbles de mercure gelé, pour fermer le circuit du courant continu. Il ne faut pas oublier ces détails...

maintenant absolument immobile. Il s'est stabilisé dans la position du croyant : la tête à l'est.

Les trois assistants qui surveillent les instruments poussent ensemble une exclamation étouffée. A 18 h 47′ 11″ exactement, ensemble, les aiguilles du voltmètre et du galvanomètre, d'un seul coup, sont tombées à zéro.

Jup, surpris par leur exclamation, se détourne du puits, regarde à son tour les cadrans. Il se le reprochera toute sa vie. Tant de jours, tant d'heures de veille et de guet, et à la seconde précise où il fallait regarder, il a détourné les yeux. Il voit les aiguilles à zéro, se retourne comme l'éclair vers le puits. Trop tard, c'est fait, il n'aura pas su *comment* cela s'est fait.

Ses trois assistants regardent en même temps que lui. Ils blêmissent.

Il faudrait tout écrire à la fois, car tout s'est produit en un instant, mais l'écriture est ce qu'elle est, il faut prendre par un bout et suivre. Voici : dans le puits, il n'y a plus Nilmore. Il y a à sa place une forme humaine noire... Au lieu de flotter sur le champ magnétique, cette forme est étendue, collée, contre le fond du puits... Au lieu d'être tournée la face vers le haut, elle montre son dos... Au lieu d'avoir la tête à l'orient, elle y pointe ses pieds...

Et, cela se voit au premier coup d'œil, seul Pi pourrait en douter, il est très jeune, il n'a pas d'expérience, cela se voit aux épaules, à la taille, aux hanches, au derrière, cette forme étendue là collée au fond du puits, c'est une femme...

Une femme noire.

Un noir effrayant. Non pas le noir des nègres qui n'est qu'un bronzage, une pigmentation sous laquelle coule le rouge sang. Un noir négatif. Le contraire du blanc. Le contraire de la lumière...

Et tout à coup le dos noir, les fesses, les cuisses noires de cette femme d'ombre semblent se mettre à bouillir. Partout, des pieds à la tête, des bulles d'or trouent la peau de ténèbre, en émergent, deviennent billes, jaillissent vers le haut du puits comme projetées, jusqu'au plafond où elles percutent la mousse avec un bruit mat et restent collées, chacune dans la dépression qu'elle a creusée.

Les quatre savants n'ont pas levé la tête. Ils regardent le fond du puits et Édith se cramponne à la margelle de verre, et Pi, si jeune encore, sent sa peau se hérisser :

Du dos noir de la femme sortent deux pattes vertes : les pattes qui-furent-roses de la colombe.

Et tout le reste de l'oiseau suit. Il est noir, avec un bec vert pâle. Noir, si noir, que les quatre s'aperçoivent, par comparaison, que Nilmore n'est pas noir mais gris foncé, gris sale comme un tas de charbon à l'entrée d'un tunnel. La colombe est d'un noir glacé. Elle ne vole pas, elle tombe. *Elle tombe vers le haut du puits.* Comme un oiseau foudroyé par un chasseur. Elle tombe jusqu'au plafond, reste collée immobile quelques instants parmi les billes d'or, puis semble revenir à elle, palpite, et s'envole. Édith pousse un soupir d'horreur : *la colombe noire vole à l'envers.* Ses pattes vertes repliées sous son ventre sont tournées vers le plafond, sa tête vers le plancher. On la voit faire effort pour gagner de l'altitude *en direction du sol.* Mais les forces lui manquent, elle étend ses ailes pour freiner sa chute, se pose sur le plafond et y reste accroupie, blottie comme un oiseau malade.

Une idée insensée se précise dans le cerveau de Jup. Il donne un ordre à voix basse en montrant le voltmètre et le galvanomètre : « Inversez l'arrivée des fils... » Pendant que Gel et Pi se hâtent sans comprendre, Jup et Édith regardent le puits d'où monte une sorte de fumée, une poussière légère, qui tombe elle aussi vers le plafond, se pose sur les billes d'or dont elle ternit l'éclat. Jup devine : c'est la cendre des cigarettes...

Il se retourne. Il sait ce qu'il va voir sur les cadrans des appareils : aussitôt inversée l'arrivée des fils aux bornes, les aiguilles du voltmètre et du galvanomètre ont sauté à la position qu'elles occupaient il y a quelques minutes, avant l'événement. Et il suffit d'un instant d'observation pour voir qu'elles ont amorcé un mouvement inverse : celle du voltmètre monte et celle du galvanomètre descend...

— Absurde ! dit Gel.

— Absurde, dit le Patron, mais évident... Les instruments ne peuvent pas mentir : ils n'ont pas d'idées préconçues !... Il y a toujours du courant dans le corps qui est au fond du puits, mais ce courant *tourne à l'envers !...* Nilmore ne s'est pas arrêté au zéro absolu, il l'a franchi... Sans doute parce que le zéro absolu n'existe pas. Ce n'est qu'une vue de notre esprit. Nous avions cru jusqu'à présent que c'était un état statique, une limite : ce que nous venons de voir nous prouve que c'est une frontière, c'est-à-dire rien. Nilmore ne s'y est pas arrêté. *Il a continué. Il est passé au-delà du froid...* Il est en train de se réchauffer, mais sa chaleur n'est pas celle de notre monde. Nous ne pouvons pas la comprendre et sans doute pas la sentir : ses molécules s'agitent à l'envers. Il est entré dans un monde inverse, la gravitation le repousse au lieu de l'attirer, le champ magnétique l'attire au lieu de le repousser, c'est pourquoi il est collé au fond du puits au lieu d'avoir chu jusqu'au plafond comme le reste... Quand je dis « il », je devrais dire « elle », mais qu'est-ce que « il » ou « elle » signifient dans cet autre monde ?

Édith, qui a levé les yeux vers le plafond, pousse un cri. Ils regardent...

La colombe noire blottie au plafond tremble comme un oiseau mouillé. Ses yeux verts semblent écarquillés d'effroi : les plumes de sa queue sont en train de disparaître.

Plus exactement, elles rapetissent. Celles des ailes aussi. En une minute, la colombe noire n'est plus qu'un oiselet sans rémiges, incapable de voler. Puis elle diminue de volume, tandis que ses plumes deviennent duvet. Le duvet disparaît : elle est un oisillon minuscule à la peau couleur de jade, qui se recroqueville et se ramasse sur lui-même pour recevoir une coquille noire apparue autour de lui. Œuf...

Les quatre savants ne disent mot, saisis par la rapidité tragique de cette involution. Elle se poursuit. L'œuf perd sa coquille, puis son albumine translucide aux reflets d'anthracite. Le « jaune » découvert, couleur d'aubergine, a d'abord la taille d'une prunelle sauvage, puis d'un pois, puis de rien...

— Mais alors, dit Édith tremblante, lui... elle...

Elle montre du doigt la margelle de verre.

— ... Nilmore aussi ?...

Déjà, la forme étendue au fond du puits semble moins femme, moins épanouie...

Jup en oublie, ou plutôt néglige la consigne de silence. *Il crie :*

— Une couverture !

Il y a une petite salle de garde annexe à la salle du Froid, avec un lit. Pi en revient déjà avec la couverture réclamée. Jup explique en se hâtant. Ils la tendent au-dessus de la margelle, la fixent par les coins aux pieds de deux lourdes tables, sur lesquelles Édith et Pi s'asseyent pour les stabiliser. Jup fait un signe. Gel abaisse une manette, coupe le champ magnétique.

Il-elle tombe vers le haut du puits, comme les billes, comme la colombe, elle tombe dans la couverture qui la retient et la garde, hamac à l'envers.

A genoux, la tête tordue, Jup la regarde. Maintenant, il la voit de face. C'est une femme, non, déjà une adolescente. Ses yeux sont ouverts. Le « blanc » des yeux est d'un noir de marbre mouillé. Les prunelles brillent comme brillent dans la nuit les fenêtres d'une pièce où brûle une bougie. Ses seins petits et ronds sont en train de s'effacer. Leur pointe est verte comme une jeune feuille de printemps. Son sexe est étrangement placé non pas entre les cuisses, mais en bas du ventre. Il est ouvert comme une bouche qui crie, et la muqueuse interne a la couleur d'un gazon frais. Le duvet blanc qui fleurissait la peau noire autour de lui se résorbe, le sexe se ferme et glisse vers sa place normale, les seins s'aplatissent, ce n'est plus une adolescente c'est une fille... Jup tend la main vers Gel qui lui donne une seringue. Dix centimètres cubes de cyanure, de quoi foudroyer un éléphant. Il faut faire *le contraire.* Ce qui tuerait un homme de notre monde peut peut-être la sauver. On n'a pas le temps d'hésiter. On n'a pas le temps de réfléchir. Jup saisit le bras qui est déjà celui d'une fillette, mais il le lâche aussitôt. Ce n'est pas possible. Ce n'est ni chaud ni froid, ce n'est pas une brûlure, ce n'est pas possible, simplement, *ce n'est pas tenable.*

La fillette remue. Elle semble avoir retrouvé ce qui est peut-être dans le monde inverse une température normale. Elle parle. Jup ne comprend pas. Elle parle en aspirant. Elle parle à l'envers. Il faudrait enregistrer et dérouler à rebours. On n'a pas le temps. Elle a maintenant l'aspect d'une enfant de cinq ans épouvantée. Elle essaie de se dresser, *la tête en bas,* dans la couverture. Elle chancelle et retombe. Elle pleure. Elle pleure *en dedans...*

Jup n'est plus un savant, il n'est plus qu'un homme éperdu. Il veut prendre la fillette dans ses bras, il veut la réchauffer contre lui, la tenir, l'empêcher de s'en aller, lui donner sa chaleur et son sang...

Impossible... Il a juste assez de courage pour la repousser dans la couverture, afin qu'elle n'aille pas s'écraser contre le plafond. Elle n'est pas tenable. Il ne saurait expliquer pourquoi. C'est impossible. C'est tout. Il braque sur elle un soufflant d'air surchauffé. Elle se met à hurler à l'intérieur d'elle-même. Il jette violemment le soufflant n'importe où. Il ne peut rien faire. Il regarde ce bébé qui souffre et dont les yeux de marbre, le visage gris, expriment cette incompréhension atroce de tous les enfants du monde devant la douleur.

Elle se calme. Ses petites mains grises se ferment, viennent se blottir sous son menton, ses genoux remontent vers son ventre, ses yeux se closent, sa peau se fripe. Elle cesse de respirer. Elle est bien, elle est heureuse.

Jup n'a pas voulu voir la suite. Il s'est redressé. Quelques minutes plus tard, il n'y avait plus rien dans la couverture, qu'environ un litre de métal liquide roussâtre et terne : le mercure-inverse, tombé du puits en même temps que Nilmore. Les billes couleur d'or qui furent d'acier pèsent toujours sur la mousse du plafond. La matière inanimée semble stable. Une matière que la gravité repousse... C'est le rêve de tous les fous de l'espace, la matière qui sera à la fois le moteur et le véhicule, qui va permettre l'envol vers les étoiles, rendre possible l'impossible. Il a fallu, pour la créer, le hasard et un martyr. Il en est presque toujours ainsi. Mais qu'importe le prix, elle est là, elle existe.

Personne ne peut la toucher.

Un hélicostable de tourisme ronronnait doucement, à cent mètres au-dessus de la villa de Creuzier. Pendus aux tringles, à cheval sur les poutrelles, cinq photographes de *Paris-Scotch* tenaient la villa dans leurs viseurs. Ils avaient essayé en vain de franchir le cordon de police. Trois avaient sauté en parachute et s'étaient fait ramasser par les semelles de Monsieur Gé. Il ne restait que cette solution : le ciel et le téléobjectif. Il était indispensable que *Paris-Scotch* montrât à ses lecteurs le visage douloureux de la femme de Colomb. Elle devait savoir maintenant qu'il était perdu. Elle sortirait bien à un moment quelconque. Il suffisait de patienter et d'avoir l'œil. Un coup de sirène pour lui faire lever la tête. Et clic. Pour peu qu'elle ait le soleil dans l'œil, on aurait une bonne grimace, un cliché humain, la douleur. C'est ce que réclament les lectrices sensibles, si sensibles à la souffrance des autres. Elles écrivent : « Ah, cher cher *Paris-Scotch,* comme votre reportage si humain m'a bouleversée. Comme cette pauvre femme avait l'air malheureuse. Dites-lui que toutes les lectrices de *Paris-Scotch* sont de tout cœur avec elle. Continuez, cher *Paris-Scotch.* » Ils continuent. C'est leur métier. Ils le font avec courage. Le cœur, ce sont les lectrices qui l'ont. Chères lectrices. Douces.

Monsieur Gé fit ordonner par radio à l'hélicostable de s'en aller, puis de foutre le camp. Il prit lui-même le micro et parla avec un menaçant sourire qu'on devait certainement sentir, là-haut. On lui répondit comme on avait répondu à son adjoint que le ciel était libre et que la liberté de la presse... Celui qui parlait connaissait sa tirade et Monsieur Gé aussi. Il posa le micro sans nervosité et donna un ordre d'une voix tranquille. Du massif de buis derrière le marronnier partirent quatre éclairs de laser. Invisibles, foudroyants. Sur les cinq rotors de l'hélicostable, quatre se mirent à flamber. Le pilote essaya d'atterrir avec le cinquième. Comme Monsieur Gé l'avait prévu, cela permit à l'appareil, au lieu de tomber dans les jardins de la villa, d'aller se casser cinq cents mètres plus loin. On parla beaucoup de cette chute inexplicable. Il n'y eut que trois tués. Chères lectrices.

Monsieur Gé regagna le salon de la villa où l'attendait Suzanne en compagnie de Mme Anoue. Les deux femmes ne s'aimaient guère. Suzanne ne considérait pas Mme Anoue comme un être humain. Elle voyait en elle un croisement de chat de coussin avec un serin et un ouistiti. Mme Anoue ne considérait pas Suzanne comme un être humain. Elle voyait en elle tout l'attirail du peintre en bâtiment : la planche qu'on dispose en travers sur deux échelles, l'échelle, le manche du pinceau, la feuille de papier peint.

Elles s'étaient dit quelques amabilités, Mme Anoue s'était lamentée sur l'imprudence des hommes : aller dans la Lune alors qu'on peut rester chez soi. Suzanne en regardant, en écoutant Mme Anoue comprenait pourquoi les hommes ont envie d'aller si loin, et plus loin encore...

Elle gardait une main posée sur son ventre concave, la gauche ou la droite, et quand elle ôtait une elle mettait l'autre. Elle pensait avec terreur que là-dedans, dans ce creux, derrière un rien de peau que n'importe quoi peut trouer, il y avait ce qui n'était pas encore un enfant, mais déjà son enfant, pas même encore la morula, ça datait de cet après-midi il y a à peine deux heures, une cellule divisée en seize ou trente-deux, soixante-quatre, un rien du tout absolument impossible à voir, à bercer, à briser, mais c'était son petit et faudrait pas qu'on vienne essayer de... Bon, et Alexis, elle va le secouer, celui-là, il va falloir qu'il pense à l'avenir de cet enfant ! Peintre, journaliste, c'est pas des métiers, il va falloir lui faire une carrière. Et puis, Alexis, qu'il se fasse un peu tomber ce ventre, quand le petit regardera son père, qu'il soit un peu fier, qu'il ait pas envie de rigoler. De la culture physique.

Mme Anoue avait déjà frappé deux fois à la porte de la chambre, et Monsieur Gé avait téléphoné. La femme de Colomb avait dit : « Oui, oui, je viens... » Elles attendaient toutes les deux, elles n'avaient plus rien à se dire. Alors Mme Anoue avait appuyé sur le commutateur de l'Oreille, comme ça, comme on met la T.S.F. pour meubler le silence, mais l'Oreille ce n'était pas de la musique, c'était Colomb, Colomb dans la Lune, Colomb de la Lune. Ce qu'il en restait...

Il avait avalé depuis deux heures le contenu du tube gris.

On entendait le bruit de son cœur dans l'Oreille. Un bruit sourd énorme, une grosse caisse, une caisse grande comme une place publique, là-bas tout à fait au fond de la salle souterraine, qu'on écoute couché dans l'herbe par un petit trou. Et si le trou s'agrandit, on tombe de trois cents mètres dans le noir on est mort...

Boum...

Il avait ralenti dans la première demi-heure, comme il fallait.

Boum...

Et puis il avait cessé de ralentir.

Boum...

Toutes les quatre secondes.

Boum...

Un...

... deux

... trois.

Boum...

... cinq.

... six.

Yr avait écouté ça pendant une heure, avait essayé d'appeler Colomb, la Lune ne répondait plus. Alors il s'était levé, avait fait un geste découragé et avait quitté la salle. Ses collaborateurs l'avaient regardé sortir la gorge serrée. Eux aussi avaient pitié de Colomb pris au piège de la poussière à trois cent quatre-vingt mille kilomètres dans le ciel noir, et pris au piège de quoi d'autre encore ? cette hibernation ratée, pourquoi ? Toutes les quatre secondes. Boum... Au bout de deux heures, il aurait dû en être à deux pulsations-minute, pas plus. Raté. Tout raté. Yr était sorti les épaules voûtées, en traînant ses pantoufles de mousse. Et même ceux qui ne l'aimaient pas avaient senti le poids de sa peine en plus de la leur.

Yr entra dans sa chambre et se laissa tomber devant sa table de travail. Ne plus entendre ce...

Boum...

Inutile de l'entendre, d'y penser, c'était fini, fini, fini, raté. Bon, on recommence et puis c'est tout, on va pas s'attendrir, ce qu'il risquait il le savait. Boum... Colomb, mon petit frère...

MERDE !

On recommence et puis c'est tout. Il griffonna. Préparer le n° 11, le Polonais. Coriace. Modifier la fusée. Remplacer les pieds par un autre dispositif. Plate-forme, ballons, flotteurs, pour poser sur la poussière, sur la... boum... sur la merde ! merde ! merde !... Il poignarda la table avec son crayon, se leva, alla jusqu'au lavabo, prit dans la petite armoire-mousse un tube de somnifère, en avala quatre comprimés qu'il fit descendre avec un verre d'eau, ajouta par-dessus la moitié d'une bouteille de whisky et se laissa tomber sur son lit.

Boum...

On frappait à la porte de la chambre pour la troisième fois. Oui, oui, c'est entendu elle vient, elle va venir. Il faut y aller, le policier a dit au téléphone que c'était grave. Mais...

Elle ne peut se résigner à le quitter. Penchée sur le lit, elle le regarde. Il est étendu cette fois sur le dos, au bord du lit, le visage de profil tourné vers elle les yeux clos. Une de ses mains est posée sur son sexe, comme on voit aux Adam pudiques des tableaux primitifs, et l'autre bras pend en dehors du lit.

Elle s'agenouille, se penche, baise doucement la paupière de l'œil fermé qu'on voit, la tempe encore un peu humide de la transpiration d'amour, les courtes boucles noires emmêlées. Il dort, il dort comme un enfant. Elle ramasse la main abandonnée qui pend, tiède molle de sommeil, elle ouvre les doigts fins, pose ses lèvres sur la paume qui sent son odeur à elle, elle sent la chaleur qui lui monte dans le sang, elle ferme les yeux et promène tout son visage dans le creux de cette main, elle écarte sa robe de chambre, promène la main abandonnée, la main de sommeil sur ses seins sur son ventre, se baigne dans cette main...

Non, il ne faut pas, elle doit sortir, on l'attend, tout

à l'heure, il faut qu'il se repose, elle va revenir, ça ne sera pas long. « Mon chéri, attends-moi, dors, dors, attends-moi... »

Un instant, elle garde la main ouverte appuyée sur son ventre. « Est-ce possible qu'il y ait là... ? Mon petit, mon enfant d'amour, mon enfant, toi tu m'as fait un enfant ? » Elle se sent fondre de douceur, ses yeux s'emplissent de larmes. « Un enfant comme toi, un garçon sauvage et doux, mon petit, mon enfant toi... »

— Écoute, Marthe, c'est quand même incroyable ! ça fait la cinquième fois que je t'appelle ! Tu ne veux pas sortir ou quoi ?

La main du garçon se crispa sur son ventre...

— Non non, ce n'est rien, dors, je vais revenir, dors mon chéri, dors...

Elle replia doucement le bras en travers du corps endormi et il avait l'air ainsi, une main sur le sexe, et l'autre bras en travers de sa poitrine, avec ses formes graciles, ses doigts longs, il avait l'air non plus d'un Adam mais d'une Ève. Il dormait de profil et ne savait pas de quoi il avait l'air.

Monsieur Gé arriva dans le salon par la porte extérieure en même temps que la femme de Colomb y pénétrait par la porte du hall. Elle nouait la ceinture de sa robe de chambre, passait ses doigts dans ses cheveux, battait un peu des paupières à la lumière trop vive.

— Oh, Marthe ! lui dit sa mère, tu aurais pu t'habiller un peu !...

Elle ne répondit pas, elle ne dit pas un mot, elle n'était pas de leur monde. Elle alla s'asseoir dans un fauteuil, ses pieds sur la moquette étaient nus.

Monsieur Gé en entrant avait fermé l'Oreille. Il resta debout et se tourna vers les femmes.

— Aucune de vous, dit-il, ne connaît exactement la situation, et vous (il s'adressait à la femme de Colomb) je pense que vous n'en connaissez rien du tout. Votre mari est arrivé sur la Lune. C'est un succès. Mais il n'en reviendra pas... Il est prisonnier de la croûte lunaire. Ses moteurs sont bloqués. Il n'a aucun moyen d'en sortir. En fait, il ne lui reste qu'à mourir...

Mme Anoue se récria. Elle était surprise. Elle croyait ce que croyaient les foules, on leur disait qu'on allait envoyer une expédition de secours, qu'elle arriverait à temps, qu'on ramènerait le héros triomphant.

— La fusée 2, dit Monsieur Gé, ne sera prête que dans quelques mois. Et il ne dispose que de soixante jours d'hibernation. A condition encore que l'hibernation se soit bien établie. Or, il semble que quelque chose n'ait pas fonctionné cette fois comme on l'avait prévu... Son cœur ne devrait pas battre plus d'une ou deux fois par minute. Écoutez...

Il rouvrit l'Oreille.

Boum...

Un...

Deux...

Trois...

Boum...

Il referma l'Oreille.

— Il s'est arrêté en chemin, dit Monsieur Gé. Il n'a peut-être pas avalé toute la dose. On ne sait pas. Il doit être en état de demi-conscience. Il en sortira probablement avant les soixante jours prévus. Alors commencera son agonie. Immobile dans sa fusée, prisonnier de son scaphandre figé dans la mousse, il va mourir interminablement...

— Quelle horreur ! dit Mme Anoue. C'est scandaleux ! On n'envoie pas des gens dans la Lune dans ces conditions.

Suzanne avait beaucoup de peine. Ce frère elle ne l'avait guère connu, il avait grandi de pension en pension, de petites en grandes écoles jusqu'à la Lune. Elle l'aimait pourtant d'une affection un peu théorique mais vraie, car elle était d'une nature à aimer, de près ou de loin.

— Il y a une autre possibilité, dit Monsieur Gé. Sans qu'il le sache, nous lui avons fait avaler, en même temps que le thermomètre, une microbombe, qui s'est fixée dans la muqueuse de son estomac. Nous pouvons en déclencher l'explosion par radio. C'est une toute petite bombe, mais suffisante. Juste de quoi lui briser le cœur. Nous aurions pu le faire sans le dire à personne, mais c'est une responsabilité. Nous avons pensé que c'était à sa famille à prendre la décision. A choisir pour lui. Ou bien la longue mort quand il s'éveillera. Ou bien la délivrance pendant qu'il dort encore.

— Y a pas à hésiter ! s'écria Mme Anoue. Ce pauvre petit ! Quelle horreur ! Si vraiment on ne peut pas aller le chercher, on ne va pas le laisser mourir tout seul ! Pendant qu'il dort au moins, il ne sentira rien !

Les deux autres femmes ne disaient rien. C'était Marthe qui voyait le plus clairement la situation, car elle était la plus détachée. Mais prendre une décision, cela impliquait de sa part une émotion, un raisonnement. Tout cela était tellement en dehors, tellement loin...

— C'est pas facile, dit Suzanne. Faudrait savoir ce qu'il choisirait, lui. Moi je sais que j'aimerais pas être flambée de l'intérieur et par surprise. La mort, il vaut mieux savoir et faire face. Il faut l'accepter et l'accueillir. Moi je suis contre votre vacherie...

Monsieur Gé se tourna vers la femme de Colomb.

— Madame, c'est vous maintenant qui allez décider...

Colomb sait ce qu'il doit faire. C'est si simple. Il ne l'a pas su plus tôt parce que la conscience couvrait tout de son manteau d'apparences et de mensonges. Elle s'est effacée comme un dessin embrouillé. La page est redevenue blanche.

Pour la première fois depuis des mois, des mois, Colomb déplie son bras droit plié contre sa poitrine. Ce n'est plus impossible et défendu. C'est simple. Il étend son bras. Son bras passe à travers le scaphandre et la mousse, et son index trouve le bouton sur la paroi interne de l'œuf. Le bouton qui était là et qui attendait. Personne ne le lui avait dit, on lui avait empli la tête avec des mots gris et des lignes mélangées, mais maintenant la page est blanche et il sait ce qu'il faut faire. Et ce qu'il faut faire il peut le faire, car il n'y a plus le dessin embrouillé qui interdit. Tout est possible dans le blanc. Il appuie sur le bouton, et la fusée se sépare de l'arbre noir qui l'empêche de poursuivre son voyage, les moteurs s'allument doucement, la poussière s'écarte devant leurs feux roses, la fusée s'enfonce vers la Lune, la vraie, celle qui est au fond de la poussière, celle qui l'attend.

La fusée traverse les kilomètres de poussière, les

épaisseurs de terrains et de roches, pénètre au cœur de la Lune et se pose derrière la Forêt.

La fusée s'ouvre et Colomb en descend. Ses pieds foulent une herbe épaisse et douce comme un tapis. Devant lui, les jets d'eau et les roses bordent jusqu'à l'horizon le chemin blanc qui conduit au Palais. Colomb marche vers le Palais. Et, venant du Palais, marche vers lui la Princesse. Ils marchent l'un vers l'autre et Colomb ouvre déjà ses bras pour la recevoir contre lui, et la Princesse, à l'autre bout du chemin, ouvre ses bras vers lui. Et comme ils sont encore loin l'un de l'autre, elle lui envoie, comme déjà une part d'elle-même, l'oiseau qu'elle tenait serré contre elle. L'oiseau arrive et Colomb lui tend sa main gauche fermée. L'oiseau qui vient de la Princesse se pose sur la main de Colomb. Déjà, la Princesse arrive. L'oiseau est une colombe. Une colombe noire.

— Il faut vous décider, dit Monsieur Gé à Marthe.

Oui, elle doit se décider. Pauvre Colomb, de toute façon, il existait si peu. Il ne faut pas qu'il souffre, qu'il sache, qu'il attende. Tout cela serait trop lourd pour lui.

— Naturellement, la bombe, dit-elle.

— Bien, dit Monsieur Gé.

Il tire de sa poche son téléphone, le porte devant sa bouche et appuie sur le bouton d'émission.

— Ici, Monsieur Gé, dit-il. La solution choisie par la famille est la solution n° 2... Tout de suite c'est préférable... J'attends.

Monsieur Gé porte le téléphone à son oreille et attend quelques secondes, puis hoche la tête pour approuver et remet le boîtier dans sa poche. Il fait trois pas, et appuie sur le commutateur de l'Oreille. Il compte à voix basse. Les femmes écoutent.

Un...
Deux...
Trois...
Quatre...
...
Il cesse de compter.
Ils écoutent.
Rien que le souffle infini de l'Univers.

Monsieur Gé referme l'Oreille.
— Eh bien voilà..., dit-il.
Mme Anoue éclate en sanglots. Sa fille la regarde avec étonnement. Suzanne lui tapote le dos.
— Allons, allons, dit-elle, remettez-vous...
Mme Anoue renifle un peu et se mouchote avec un mouchoir zéphir. Elle dit d'une voix mouillée :
— Marthe, tu devrais nous faire un peu de thé...
La femme de Colomb se lève de son fauteuil et vient regarder sa mère. Elle ne lui avait jamais prêté tant d'attention. Elle la regarde de tout près avec une curiosité grave. Sa mère, cette créature est sa mère. Mme Anoue s'inquiète.
— Eh bien, qu'est-ce que j'ai ? Qu'est-ce qu'il y a ?
Elle ouvre vivement son sac, en tire ses lunettes, sa glace, se regarde... Qu'est-ce qu'elle a ? Elle ne voit rien. Son rimmel ne coule pas.
Marthe dit à Suzanne :
— Si vous voulez du thé, vous savez où est la cuisine ?
Suzanne hausse les épaules. Marthe sort du salon, tout cela ne la concerne plus, c'est terminé.

Il s'est réveillé de profil, et son œil ouvert a vu juste en face de lui, à travers les rideaux tirés, à travers les volets clos, une miette minuscule de soleil qui s'était glissée Dieu sait comment et qui brillait. Il lui a souri comme à un copain, il a bâillé un grand « Ah ! » en s'étirant craquant, et il a appelé : « Chérie !... » Il pensait qu'elle était dans la salle de bains. Elle ne répondait pas, il s'est dressé d'un saut léger, il a chaloupé en chantant jusqu'à la salle de bains, il a vu qu'il était seul, il s'est tu.

Tout de suite, à la seconde même, il s'est ennuyé. Il s'est re-étiré, il a re-bâillé, mais d'ennui. Alors il s'est souvenu de la miette de soleil, il est venu à la fenêtre et il a tout ouvert. Il a vu l'herbe et le ciel, il s'est étiré de nouveau en craquant et il a ri. Il avait envie de crier comme un gosse qui jaillit de la classe dans la cour de récréation. Mais il s'est retenu, il n'aurait pas encore osé dire pourquoi, mais c'était déjà décidé. Dehors, en face de lui à quelques mètres, il y avait une semelle qui le regardait et qui lui a dit : « Vous allez pas partir comme ça à poil ! » Ils se sont mis à rire, lui et la semelle, il est rentré dans la chambre, il a tout bouleversé, il fallait se dépêcher, il cherchait ses vêtements, elle les avait brûlés. Alors il s'est vêtu avec des vêtements à elle, un pantalon de cuir doré, un blouson de soie rouge, et il est parti tout droit vers l'herbe et les arbres et les collines qui sont plus loin. Dans le ciel, il y avait le soleil et la lune, le mince croissant premier de la Lune de jour. Il l'a regardée, et en la regardant et en marchant sur le chemin blanc entre les jets d'eau et les roses, il a inventé une chanson :

Tes seins sont des abeilles
Qui se plantent dans mon cœur...

Il lui a trouvé l'air qu'il fallait, il s'est mis à la chanter à tue-tête en marchant, et les trente violons de ses copains la chantaient en même temps que lui.

Marthe râle comme un cerf forcé à la fin de la course. La fenêtre ouverte et l'horizon vide. Par la fenêtre ouverte tout le sang de son corps s'est vidé.

Elle cherche, ses mains cherchent, ses yeux ne voient pas, elle cherche quelque chose, un couteau, un rasoir, n'importe quoi pour mourir tout de suite, mourir. Sa main gauche trouve la longue aiguille d'or des chapeaux de l'été, la donne à sa main droite, et sa main droite brutalement la plante...

— Non, dit doucement Monsieur Gé, non, non, vous savez bien que non...

Il retient la main, jette l'aiguille d'or, couche Marthe qui sanglote et râle.

— Ça va passer, dit Monsieur Gé, ce n'est rien, c'est l'amour.

Elle n'entend pas, elle ne peut pas entendre, Monsieur Gé est un homme, les hommes ne sauront jamais.

Il lui parle, elle ne l'entend pas, mais quand elle sera à bout de forces et de son agonie de solitude, elle saura ce qu'il a dit : « C'est un garçon, il lui ressemble, ses yeux, ses longues mains, sa taille. Il danse... »

Le mûrier cette nuit est entré dans ma chambre. Il a poussé par la fenêtre sa plus vieille branche, celle qui a vu tant de soleils et de jeunes filles et qui est montée si haut. Elle n'a plus qu'un bouquet de feuilles, tout au bout, à qui la sève vient encore par quelques veines de l'écorce autour du bois mort. Ce bouquet de feuilles au bout de la branche, c'est la place du merle d'où il siffle le matin pour réveiller tous les oiseaux de la vallée. Mais le merle n'est pas venu, il ne viendra plus et le mûrier ne poussera plus la fenêtre, on va l'abattre demain, il est trop vieux, il risque de tomber sur les enfants qui jouent. Il faut protéger les enfants.

DU MÊME AUTEUR

Aux Éditions Denoël

RAVAGE, *roman* (Folio 238).
LE VOYAGEUR IMPRUDENT, *roman* (Folio 485).
TARENDOL, *roman* (Folio 169).
COLOMB DE LA LUNE, *roman* (Folio 955).
LE DIABLE L'EMPORTE, *roman.*
LA TEMPÊTE, *roman* (Folio 1696).
L'ENCHANTEUR, *roman* (Folio 1841).
DEMAIN LE PARADIS, *roman.*
CINÉMA TOTAL.
LA FAIM DU TIGRE (Folio 847).
LA CHARRETTE BLEUE (Folio 1406).
JOURNAL D'UN HOMME SIMPLE.

Aux Éditions du Mercure de France

LA PEAU DE CÉSAR (Folio 1857).

Aux Presses de la Cité

LA NUIT DES TEMPS, *roman.*
LES CHEMINS DE KATMANDOU, *roman.*
LE GRAND SECRET, *roman.*
UNE ROSE AU PARADIS, *roman.*
LES ANNÉES DE LA LUNE, *chroniques.*
LES ANNÉES DE LA LIBERTÉ, *chroniques.*

LES ANNÉES DE L'HOMME, *chroniques.*

LES FLEURS, L'AMOUR, LA VIE, *album.*

En collaboration avec Olenka de Veer :

LES DAMES À LA LICORNE, *roman.*

LES JOURS DU MONDE, *roman.*

Aux Éditions Flammarion

LE PRINCE BLESSÉ, *nouvelles.*

Aux Éditions Garnier

SI J'ÉTAIS DIEU...

Aux Éditions Albin Michel

LETTRE OUVERTE AUX VIVANTS QUI VEULENT LE RESTER.

Impression Novoprint
à Barcelone, le 1er octobre 2008
Dépôt légal : octobre 2008
Premier dépôt légal dans la collection: juin 1977

ISBN 978-2-07-036955-3. / Imprimé en Espagne